火神被杀

[日] 松本清张　著

陈修齐　译

江苏凤凰文艺出版社
JIANGSU PHOENIX LITERATURE AND
ART PUBLISHING

目录

火神被杀

1

下面我将写下我的经历，想尽可能以简明扼要的方式叙述。

先从与我没有直接关系的一起事件讲起。

事情发生在昭和四十年九月。岛根县松江市内曾发生过某起案件，警察搜查了市内的旅馆。那起案件与我要说的事无关，就此省略。但警察决定调查旅馆的登记簿。当地的警察署命令各家旅馆提交登记簿的副本——说是登记簿，实际上是像发票一样一张一张的独立票据。那起事件发生在去年五月，因此调查员从头开始一个不漏地筛查了登记簿上的名字。因旅馆数量众多，工作人员采取了分头调查的方式。四月至六月是旅馆的旺季，有许多团队客人入住，人名数量庞大。

A旅馆的登记簿中出现了一个极其古怪的名字，调查员决定前往该旅馆调查登记簿原件。因为有的旅馆会将原件上的文字抄错。

登记簿原件上的内容是顾客亲笔写的，旅馆按照月份将其装订成册。调查员标记的人名与原件一致，并不存在抄写错误。

为了慎重起见，调查员往下多翻了两三页，却发现了一个原件与副本对不上号的名字。因前后内容一致，很明显是副本发生了错误。并且，并不是写错了一个字这样的细微错误。姓名与住址完全不一样。

原件——横滨市中区寿町 3-157 大宫作雄。三十四岁。公司职员。同住人一名。

到达时间：昭和四十年五月二十七日下午五点。离开时间：同月二十八日上午十点。

副本——广岛市牛田町 102-32 津南仪十。三十四岁。公司职员。同住人一名。

到达时间：昭和四十年五月二十七日下午五点。离开时间：同月二十八日上午十点。

只有年龄、职业、到达和离开的时间是一致的。同住人一名大概是指带来的女人。

"真奇怪。这是怎么回事？"

调查员问掌柜。

"是挺奇怪。"

掌柜也凑过来看了会儿，随后像想起什么似的说道。

"啊，是这么回事儿。负责枫之间的女佣名叫久子，她曾经同我说过，客人投宿后的两个月，也就是七月末时，一位客人找到她，说五月二十七日与他一同住在这里的客人在登记簿上写了津南仪十这个名字，但这名字是错误的，写名字的人拜托他将登记簿上的名字改成真名，所以要求久子将那份登记簿交给他。于是，久子就瞒着我，将五月份的登记簿交给了那名客人。我要是在的话，绝不允许她这么做。客人写了新的登记簿，换下了旧的。久子把新的那页装订了回去，并当着客人的面撕碎了旧的。事情的经过就是这样。久子好像从客人那儿捞了点好处。这件事，也是她后来告诉我的。"

"发生了这种事，你们却没有修改交到警署的副本。"

"客人和久子大概都没留意到这点吧。"

因此，副本上的名字便是原先写在登记簿上的名字。

"为什么要特意过来修改呢？如果是住在这里顺便修改，那还说得过去。可对方居然还委托了别人。"

调查员说道。

"那人自称是这位大宫先生的朋友。"

"那么，七月份的登记簿上应该有那位男性客人的名字吧？"

"不知道，我忘了问久子那位客人的名字。"

"能把久子小姐叫过来吗？"

"久子因为父亲生病，约莫一周前回鸟取县的老家了。"

掌柜难为情地挠了挠头。

调查员姑且将两条信息抄写在记事本上，然而，自那之后却没有了继续深究的必要，案件以其他方式获得了解决，调查就此告一段落。两个不同的名字仅仅留在了调查员的记事本上，随后被遗忘在角落。

自那之后过了大约一年，昭和四十一年十月时，发生了与之毫不相干的另一件事。

宾道町南部有一个叫木次的小镇。芸备线（广岛－冈山县备中神代间）备后的落合町与宾道町之间的部分被称作木次线，木次町靠南的山里，溪流边上有一个名叫汤村的小温泉。那里的房屋不到十栋，是一处非常古老的温泉。《出云国风土记》①中称之为仁多郡三泽乡。从前，那里的交通异常不便，现在则开通了宾道至三成的公交车线路，设有公交车站。但是，这依然无法改变汤村位于偏僻山中的事实。

汤村往北一公里左右的山腰处有一片杉树林，杉树林中发现了白骨状的碎尸，这引起了轩然大波。

尸体的头颅与胸部，也就是肋骨的部分散落在地面上，没有双手。腰部骨头缺失，双腿的骨头只剩大腿以下的部分。双腿的骨头呈八字形摆放在地上。现场位于国道以东往上攀登五十米的山麓处，是极其偏僻的后山地带。连捡柴火的村民都不会靠近这一片灌木丛。

经调查发现，白骨的弃置时间已有一年以上。应为一名三十岁左右的女性。没有留下丝毫的衣物，也没有随身物品。只在离现场稍远的地方发现了一只女式皮鞋。皮鞋的尺码为二十三。一年的时间内衣物不可能腐朽殆尽，连一丝纤维都不曾留下，因此尸体应该是在赤身裸体的状况下被抛尸的。死亡

———————————

① 古代出云国的地方志。

时间大约在昭和四十年的晚春至秋季，当地的警察署——木次署展开了调查。

警察首先尝试寻找该地区的女性失踪者，但没有找到符合条件的对象。调查的重点是来汤村温泉旅游的观光客，但过去的七八年里，并没有女性观光客失踪。不过，旅馆的工作人员并不清楚顾客住进旅馆前和离开旅馆后的行动轨迹。并且，因此地有公交车经过，所以死者并不一定就是来泡温泉的客人。

警察扩大了搜索范围，在山林一带找到了剩余白骨。手部骨骼只找到半边，有野兽啃咬过的痕迹。这附近不仅有野狗，偶尔还有野猪、猴子出没。这半边手骨似乎是被野狗从现场搬运到此处的。然而，尸体下半身的骨骼依旧下落不明。尸体的双腿之所以呈八字形散落在地面上，究竟是因为被野狗或者猴子动过，偶然间变成那样，还是因为凶手将双腿切得七零八落，刻意摆成那副样子，一切尚不得知。但倘若是后者，凶手又是出于怎样一种心态呢？

担任警方医学顾问的私人医生认为，因碎尸骨骼上的切口并不平整，所以凶器大约是锯子和剁肉刀。当然，尸体是在变成白骨前被肢解的。警察没有找到凶器，也没能找到另一只鞋子。兴许被野狗叼走了。头部、胸部、双腿被发现的地方是一处山谷，周围生长着茂密的灌木丛，少部分地方是广阔平坦的高地。不知为何，呈八字形摆放的双腿上方长着三四根低矮的麦秆，发现时已经枯萎。麦秆生长的地方，恰好相当于尸体缺失的部位。

这个山谷并没有麦子生长，山腰处的农田里倒是种了麦子，但离现场有好一段距离。是强风将麦穗刮到了这里？抑或是野猪、野狗在农田闹腾了一番后，麦粒沾在了皮毛上，随后掉落在了此处？

碎尸案并不多见，在当地算是大新闻。

根据白骨可推测出死者属于中等身材，不胖不瘦。穿二十三码的鞋。容貌是否美丽自然不得而知。牙齿很健康，没有治疗过蛀牙的痕迹。因此无法从牙医那里得到线索，这一点令人发愁。

县警察署派出了调查官协助木次署。因被害人可能来自其他县，所以警署也向东京的警察厅刑事部做了汇报。中等身材、没有治疗过蛀牙的痕迹、女性、三十岁左右。由于特征太少，就连提交过寻找离家出走人员协助函的地区也鲜少有过来咨询的。

县警察署认为，死者应该是来此地观光的女性游客，于是调查了县内的旅馆。但时间毕竟过去了一年，仅凭白骨和一只随处可见的女式皮鞋，线索实在太少。警方对死者的样貌、衣物、随身物品一概不知，也不知道皮鞋的销售渠道。如果是情杀，那么理所当然会有男性同行，但警方同样对这个男人一无所知。岛根县内有松江、出云大社等旅游胜地，玉造温泉、松江市内每年吸引着数十万观光客留宿。隔壁的鸟取县还有皆生温泉。从中找出符合条件的人实在困难。最终，案件的调查进入了死胡同。木次署内的调查总部就此解散。

那时，如果调查总部听说了一年半前 A 旅馆登记簿的正副本上出现过"大宫"和"津南"两个不同的人名，或许会引起调查人员的注意。但遗憾的是，他们并没有收到相关情报。

原因有两个。

第一，当时调查这件事的松江署警员已经辞职。这名警员之所以关注登记簿原件与副本人名的不同，是为了调查另一起案件。那起案件解决后，警员自然就不再关心这件事。所以，他离职前并没有向上司汇报。如果上司听了他的汇报，那么一年后汤村温泉附近发现的白骨状碎尸或许会唤醒上司的记忆，使他判断这条信息具有参考价值，从而联系调查总部。如此一来，案件的调查极有可能出现新进展。

第二，警方给各家旅馆的信息中注明白骨的身份是女性。但旅馆登记簿上的名字却是男性。旅馆的工作人员联想不到二者之间的关系也在情理之中。再加上，负责枫之间的女佣久子……关于久子，容后再说。

下面，我将上述经过按照时间顺序整理一遍。

①昭和四十年晚春至秋季，大原郡木次町汤村温泉附近的山林中，一名三十岁左右的女性被杀害，尸体被肢解。当时无人知晓这件事情。

②昭和四十年五月二十七日晚上，广岛市的津南仪十（三十四岁）与一名同伴入住松江市的 A 旅馆。

③同年七月末，某位姓名不详的男子来到 A 旅馆，将旅馆登记簿上的姓名改成了横滨市大宫作雄（三十四岁）。只修改了原件。

④同年九月，松江署警员得知登记簿原件与副本存在姓名不符的情况，对 A 旅馆进行了调查，但当时并没有得出结论。

在那之后，警员调查的另一起案件得到了解决，这件事便不了了之。警员也从警署离职。

⑤昭和四十一年十月，有尸体被人发现，发现时已成为白骨状的碎尸。调查陷入困境，最终变成无头公案。

2

调查 A 旅馆的警员实际上是我的外甥。我本人在东京的某所医科大学教书，因为外甥想在东京生活，所以便托关系，让他进了千叶县某家钢铁公司的总务科。他今年三十四岁，还是单身，偶尔会来我家做客。他辞去松江市的警员工作来东京生活是前年，也就是昭和四十一年三月发生的事。

上述所有经过，都是外甥木谷利一告诉我的。利一今年七月回松江市祭拜父母，与前同事喝啤酒时听说了汤村温泉的白骨碎尸案。

"于是，我就想起了三年前 A 旅馆的登记簿事件。当时，我本想去 A 旅馆见一见负责枫之间的女佣久子。但久子回鸟取县的老家后就辞职了，再没有回来。听说半年前因病去世。所以，世上再没有人知道那名在昭和四十年七月修改旅馆登记簿男子的相貌，以及他写在登记簿上的姓名。因为 A 旅馆很大，所以除了负责包间的女佣之外，没人对这个人有印象，连掌柜的都不记得。不凑巧的是，登记簿原件在两年前被销毁了，所以也无法辨别原件上大官作雄这几个字的笔迹。"

外甥说完后问我："舅舅，你怎么看修改登记簿这件事和白骨案？"

"不太清楚。"我答道。然后向他说出了我的推测。

——化为白骨的那名女性，她的死亡时间与昭和四十年五月二十七日广岛市津南仪十和同伴入住 A 旅馆的时间几乎一致。那名同伴，大概就是"津南"的情妇。"津南"在汤村杀害了那名女子。他在二十八日早上就离开了 A 旅馆，所以谋杀应该发生在当天，或者翌日。如果这是预谋已久的犯罪，那么"津南"这个名字应该是假的，广岛市的地址也是胡编乱造的。

宾道与汤村温泉之间有公交车往返，我猜想两人应该坐了公交车。谋杀大概发生在入夜之后。女人的衣物和随身物品应该被男人装在自己的旅行箱，抑或是女人的旅行箱里带走了。所以两人中应该有一人带了简单的行李。如果谋杀发生在夜晚，那么凶手就不得不在汤村温泉留宿一晚，但警察却没有找到符合条件的嫌疑人。大概因为这是一年前发生的事，汤村的旅馆也记得不太清楚了吧。

接下来的问题，就是曾经留宿 A 旅馆的"津南"为什么要拜托别人将登记簿上的名字改成"大宫作雄"了。那个男人与"津南"应该不是同一个人，如果是同一个人，那么女佣久子一定会认出来。

自称"津南"的男子与修改登记簿的男子要么是亲戚，要么是关系十分亲密的朋友。因为这毕竟是犯罪的善后工作。我们假设这个男子叫 X。

那么，为什么"津南"必须把名字改成"大宫"呢？如果"津南"这个名字是假的，那么"大宫"应该也是假的。虽然不知道 X 是哪里人，但他一定是从很远的地方过来的。从"津南"的地址在广岛这一点来看，或许是离广岛很近的地方。若是如此，"津南"为什么要让 X 从那么远的地方过来（即便是顺路也很奇怪），只为了将登记簿上的名字改成"大宫"呢？

可能性有一个，那就是"津南仪十"这个名字与凶手本人的名字十分接近，比如说只差了两个字。旁人很容易就此推测出他的真名。基于这种不安，两个月后，凶手便委托 X 修改了登记簿上的名字。凶手和 X 都不知道旅馆会将登记簿的副本交给警察，这一举动反倒成了画蛇添足的一步。正因如此，你才会注意到最初写在登记簿上的名字是"津南仪十"。

女佣久子已经去世，我们无法知道"津南"与同行女伴的特征，也无法知道 X 的名字、长相和装束。由于登记簿原件已经被销毁，也无法看到"津南"与"大宫"这几个字的笔迹。总之就是非常不走运……

听完我的猜想，外甥盯着我坏笑，历史分析和推理果真是同一性质的东西啊。

"我完全赞同舅舅的推理。"

赞同的证据，就是他在回松江扫墓时调查了公交车公司、租车公司和的士公司。当然，并没有找到三年前从松江乘车到汤村温泉的男女乘客。

"你一个人调查？没有把这件事汇报给老东家松江署？"我问道。

　　外甥说："我并没有充分的证据证明松江那本改写的登记簿和汤村的案件有关。仅凭推测无法轻易开口。好歹我也做了十年警察，这个道理还是明白的。假设我查出'津南'或'大宫'的真实身份，最后却发现与案件无关。那么到头来不但做了无用功，还会给那个人添了大麻烦。"

　　随后，他又用揶揄的口吻说道："分析历史时，应该不用考虑古人的人权问题吧。"

　　"没这回事，"我变得严肃起来，"历史分析虽然也是推理，但如果拿出的仅仅是毫无逻辑的臆测，不光不会有人相信，也会失去作为史学家的公信力。错误地分析历史无异于自甘堕落。"

　　"所以，学者都是谨慎的。如果没有确切的物证资料就不能下结论。但是，舅舅的专业是古代史。不对，舅舅是医生，所以专业应该是医学。古代史是兴趣，说得夸张点算第二专业。对第二专业的古代史而言，所谓的物证就是《古事记》①《日本书纪》之类的古籍，还有《魏志倭人传》《宋书倭国传》之类的中国文献，和考古学上公认的物证。然而，这些东西大多为人所知，尤其是古文献，更是从很久以前就被人研究透了。再加上资料本身十分有限。所以填补研究空白的，某种程度上就是臆测，

---

　　①　日本最早的文学作品，与《日本书纪》并称"记纪"。

我说的不对吗？但专家为了维持公信力，总是对臆测慎之又慎，不敢说过于大胆的结论。在这点上，因为史学是第二专业，所以舅舅反而能够无所顾忌地说出臆测，岂不是比专家更自由？"

不，最近一些将古代史作为第一专业的专家，也敢口无遮拦地大讲臆测了。我很想这么说，却没有说出口。

这场案情讨论会结束后的两周，外甥都没有露面。他虽然是外甥，但因为是长姐的孩子，我们的年龄差距并不大。住在松江时另当别论，自从他搬到千叶之后，只要有一段时间疏于来往，我都会在内心期待他早点过来，陪我聊天。

外甥在松江时，好几次邀请我去那里玩，但最终一次也没有成行。我年轻时去过一次出云，之后就再也没去过。哪怕是为了研究医学之余潜心钻研的古代史，出云也是必须要去的地方。但我把它看得太重，总是想多调查一些出云的资料后再出发，结果在外甥任职期间，反倒一次也没去成。要是当时以一种游山玩水的心态随意出发就好了。

《出云国风土记》里藏着解开日本古代史之谜的钥匙。《古事记》于和铜五年（公元 712 年）编纂完成，《日本书纪》于养老四年（公元 720 年）编纂完成。在《日本书纪》完成后的第十三年，天平五年（公元 733 年）时，出云国造^①广岛亲手向朝廷提交了《出云国风土记》。"记纪"神代卷三分之一的内

---

① 出云的地方官。

容都是出云神话，但却与《出云国风土记》不一致。《风土记》上虽然也记载了出云的古老传说，但某些神话却只能在《古事记》与《日本书纪》上找到。比如，被高天原流放的须佐之男在出云的斐伊川上游打败八岐大蛇，救下栉名田比卖并与之成婚的故事。以及他从被杀死的大蛇尾部得到铁剑，进献给大和朝廷的故事。这些著名的神话只出现在《古事记》与《日本书纪》中，《风土记》里是没有的。此外，两者在细节上也存在许多出入。《风土记》中出现的神可能在《古事记》与《日本书纪》里压根没有姓名，在《古事记》与《日本书纪》里作为主角大显神通的神在《风土记》里可能完全没有出场机会。

朝廷的传承记录与出云的传承记录，两者之间的差异早在很久以前就引起了学者的注意，并成为研究课题。《古事记》与《日本书纪》是大和的古老氏族（豪族）对先祖历史的粉饰，从中可以看出对天皇权威的政治性艺术加工。与此相对，《出云国风土记》更加具备独特性，它展现了先住民将国家的统治权"禅让"给天孙民族前的生活样貌。不少史学家试图以神代卷为研究蓝本，通过比较《风土记》与记纪文学中的艺术加工，还原出古代日本的历史原貌。

事实上，我接下来要讲的这位 R 大学的副教授——砂村保平就是这样一位史学家。我曾经加入过他的研究小组。

3

两周过后，外甥终于现身，脸上带着轻微的兴奋。

"舅舅，我前天见到大宫作雄先生了。"

"你说什么？"我反问道。

"他是市川某家外包公司的社长，我们因为生意上的事情见了面。看到名片时，我真的吓了一跳。他的名字和登记簿上的一模一样。我问，您是在广岛出生的吗？他说是的。接下来我又隐晦地试探他，您三年前去过出云吗？他说，他从来没去过岛根县。我观察他的表情，怎么看都像是真话，不像在撒谎。

"大宫作雄今年三十七岁，外表忠厚老实。因正直可靠的人品在同行中广受好评。怎么看都不像是杀害女性的犯罪嫌疑人。

"世上同名同姓的人很多，但叫大宫作雄的全日本大概就他一个，大宫这个姓可不多见。

"反过来思考，在松江的旅馆登记簿上写下这个名字的男人，必然基于某种缘由知道了大宫作雄这个名字。这个名字不是凭空捏造的，也不是将实际存在的某个人的名字改动了一两个字得到的假名。写下这个名字的人，应该是大宫作雄的亲戚或者朋友，抑或是通过某种途径知道了他名字的人。

"我把 A 旅馆登记簿的事告诉了大宫先生，问他能不能想到什么。他想了好一会儿，说毫无头绪。"

　　大宫作雄还告诉我外甥，他对津南仪十这个名字也没有任何印象。凶手之所以将原本写在登记簿原件（后来保留在副本上）上的"津南仪十"抹去，本就是因为自己的名字与津南的名字相近。凶手意识到顺着这条线很容易查到自己身上，感到不安，于是在两个月后，委托 X 前往 A 旅馆将名字改成"大宫作雄"。所以，大宫先生的周围应该不存在津南这号人物。总之，我们原本以为"大宫作雄"是个凭空捏造的名字，没想到却是实际存在的人名。通过这一点，外甥还想到了一件事。登记簿上订正后的"大宫作雄，三十四岁"与原本的"津南仪十，三十四岁"只有年龄没有修改，所以年龄可能是真的。原因大概有两点：一是修改年龄容易让女佣起疑，二是 X，或者 X 的委托人认为年龄无关紧要，构不成威胁。

　　真的大宫作雄今年三十七岁，三年前，昭和四十年时也是三十四岁。所以改名字的人极有可能是和他同岁的朋友，或者学生时代的同学。外甥从大宫口中问出了毕业学校，随后前往某大学借阅毕业生名簿。他原本打算按照这个顺序，依次调查大宫的高中、初中、小学同学。

　　"但是，我在大宫先生的同级生名簿中发现了一个名字，那位舅舅因第二专业熟识的砂村保平副教授。让我有点吃惊。"

　　外甥与大宫作雄见面，询问了砂村保平的事。大宫回答说，虽然认识砂村，但大学时关系并不亲密，几乎没怎么说过话。

当然，光凭这一点无法认定砂村保平就是X，不能说是他将松江旅馆登记簿上的"津南"改成了同学大宫作雄的名字。打个比方，如果将嫌疑人锁定在大宫的同学里，那么符合条件的至少有五六十人，X或许就在其中。如果将这个交友范围进一步扩大，那么符合条件的人数就接近于无穷，凭借这个推测出X的身份无异于大海捞针。但不管怎么说，毕业生名单中出现砂村保平的名字都是外甥的收获，并且这个发现实在太巧了。

"舅舅，你能不能跟砂村教授聊聊，问问他知不知道毕业生里谁有可能借用大宫先生的名字？"

外甥半开玩笑地说道。他也知道这个要求有点过分，然而，他似乎对砂村保平抱有万分之一的期待，毕竟后者曾经说过历史分析与推理是同一性质的东西，并且针对古代史提出了不少新观点。

自那之后过去了三天，我拜访了位于世田谷赤堤的砂村家。我们和往常一样，聊古代史的话题打发时间。聊到一半时，我装作突然想起似的问道。

"话说回来，你认识一个叫大宫作雄的人吗？"

"大宫作雄？"

砂村身材微胖，红光满面的脸上眉头紧锁，镜片背后细长却锐利的眼睛（近视眼的眼神通常比较犀利）朝我看来。

"不认识，什么人啊？"

他反问道，似乎预感到自己牵扯了某些不好的事情。在这种情况下，他的预感无疑是准确的，但砂村原本就是个神经敏感的男人。

"是大学时跟你同级的同学，你不记得了吗？"

砂村的双手握着装了白兰地的玻璃杯，低下头，拼命在记忆里搜索着。过了一会儿，他突然抬头，说道："不，我怎么也想不起来。或许有这么个家伙吧……"

边说边猛烈地摇头。

砂村问那个人怎么了，我就把松江旅馆登记簿的事告诉了他。但并没有说与汤村温泉白骨尸体之间的关系。砂村向来不屑于看杀人案这种博取社会眼球的新闻，所以我便在无意识中回避了这一点。能让砂村感到愉快、欲罢不能的只有古代史。我们刚刚在聊的也是古代史，我感到自己抛出了一个砂村并不喜欢的话题，扫了他的兴致，于是就更加不好提汤村的案件了。

"我外甥因为工作上的事见过大宫先生。那时大宫先生就向他抱怨，说自己的名字被人冒用，感到很苦恼。顺便还听说，你跟大宫先生是大学同学。"

"是吗，不太记得了啊。要是看见脸说不定能想起来。"

砂村的眉间依旧残留着竖纹。

"那么，那位大宫君的名字被人写在登记簿上，究竟给他带来了什么麻烦呢？"

"这方面我就不太清楚了。"

我还是不能说汤村的案件。一旦说了，就必须告诉他外甥原本是松江署的警员，否则很多事情就解释不通。我不想砂村误以为我是受外甥所托，特意过来调查他的。

"首先，我还没去过出云。虽然我觉得那是个必须要去的地方，但每次想去时都会被别的事耽搁。"

砂村说出了与我相同的遗憾。我们再没提大宫作雄的事，之所以没提，是因为话题又回到了古代史上。那时，我们转而聊起了出云与大和朝廷之间的关系。

——我们认为，通过记纪文学与出云传说的对比，可以发现记纪里提到的出云神的"让国"行为，并非指让渡出云地区，而是让渡包括近畿地区在内的日本的居住权。不少学者认为，在所谓的天孙民族掌握大和政权之前，出云系的族群就已经居住在畿内了。那么，关于"让国"的合理解释，应该是指出云系族群将"丰苇原之中津国"，亦即水边植被茂盛的沼泽地——大和平原的居住权让渡给后来的天孙民族。当然，居住权里也包含治理国家的统治权。

但畿内大多数支持"让国说"的学者却将出云势力的版图解释成经由吉备地区、但马和丹后地区，包含大和地区在内的范围，这种说法是错误的。我们认为，以出云为根据地的族群曾经迁移至大和地区，但后来，他们却将移住地让渡给了天孙民族，自己退回了作为根据地的出云国，这是"让国"的第一阶段。七世纪前叶，由天孙民族发展而来的大和王朝中央集权不断强化，致使出云国也不得不臣服于大和势力之下，这是"让国"的第二阶段。八世纪初编纂完成的记纪文学为了宣扬天皇的权威，对这段历史进行了政治性加工。

畿内出云系先住论者的错误在于，他们将出云视为出云系族群的本土，将畿内视为其势力的延长，即类似于殖民地那样的领土。因此经常被反对派批判。反对的理由大体是三世纪乃至四世纪前叶，出云系族群不具备如此强大的势力，抑或在出云并没有找到足以佐证这种强大势力的考古学证据。

也就是说，这种说法之所以存在缺陷，是因为它将我们主张的"让国"的两个阶段合并在了一起考虑。

某位学者认为，出云神话之所以占据了记纪神代卷三分之一的内容，是因为若想更好地叙述皇族故事，必须将出云当作"背景"，将出云表述成"根之国""黄泉之国"。一切表述都是为了凸显皇室祖先的存在，因此，禅让国土的"让国"行为也是为了彰显皇权虚构出来的情节。但是，国土（大和地区）的让渡并非这位学者口中的"错觉"，而是实实在在发生过的事。

不过，记纪之所以将出云表述成黄泉之国的确是为了凸显大和王朝的故事，这一点我们也赞同。但"背景"这样的说法却不怎么恰当。之所以将大和描述成朝阳照射下的白昼之国，将出云描述成黑暗的"夜"之国，更可能是为了强调皇室的祖先是名为天照大神的太阳神。

"黄泉"（yomi）一词被冠上中国的汉字使用时，意为逝者的世界。这个词的词源应该是"夜"（yoru）。通过月读命①这个名字也可以看出 yomi 的意思等同于 yoru。虽然不知

---

① 日本神话中的夜神，天照大神的弟弟。

道"月读"是什么意思，但倘若将"读"（yomi）理解成"夜"（yoru），再搭配夜晚的象征——月亮，那就变成了"月夜"。

但是，Amaterasu（天照大神）的 ama 被冠上"天"这个汉字，从而解释成天空却是八世纪初归化人①史官犯的错误。Ama 的本意更加接近于海。渔夫（ama）、天鸟船（amanotoribune）等词语就是很好的例子。有人认为 Amanokoyanenomikoto（天儿屋根命）是天上一位住在带屋顶的房子里的神，这种说法有点奇怪。其原型更有可能是住在海边小屋的渔夫。供奉天照大神的伊势神宫之所以在内陆各个地区迁移，最终定址于海边，也是因为天照大神的原型本就是渔民信仰的神灵。人们希望"照耀天空、照耀国家"这句话能以"照耀海洋、照耀国家"的意思存续下去。伊势神宫里保留着的从海水中提炼食盐的古代制盐法，无形中也可以佐证这一点。后来可以看出人们借外宫——丰受大神宫突出其农耕神的地位，有意识地削弱渔民信仰。

因为 Amaterasu 是天照，所以出云就变成了"yomi"的国度。"yomi"的缩略语"ne"变成了"根"，而出云则被描述成了位于地下的黑暗国度。我们认为这些都是记纪的文学虚构。

总之，每当我与砂村保平见面时，都会热衷于讨论这样的话题。

---

① 古代从中国、朝鲜半岛移民至日本的人。

4

"那篇出云国造神贺词可以证明出云族系就是大和先住民。"

砂村保平说道。每当出云国造更替时，新国造都会前往朝廷。而神贺词就是一种请求朝廷承认其合法地位的礼节性通知。

"大部分的人都在记纪或者《出云国风土记》里找线索，但神贺词里的句子却直截了当地告诉了我们，'让国'指的就是大和。"

以下便是相关句子。

"丰苇原之水穗国，昼涌五月蝇水，夜有火瓮光神。石根、木立、青水泡之荒国。然镇平，皇御孙命使安国平治。"

这是出云臣的祖先——天穗日命从天孙那里接到"让国"的命令后，视察国土状况并向其汇报的句子。向来被视为描述出云臣协助朝廷之功绩的段落。但"白昼涌出污浊的水，夜晚飞舞着如萤火虫般发光的昆虫，岩石遍地、森林茂密，地下沉淀着青绿色的死水，是一片荒芜之地"的句子却暗示了大部分国土都是沼泽地或者湿地。这正是大和盆地原本的样子。

然而，《古事记》里只写了天忍穗耳命站在天之浮桥上说："丰苇原之千秋长五百秋之水穗国，闹腾得厉害。"并未写明究竟是什么在闹腾，仅用这种主语不明的说法一笔带过。

《日本书纪》里则是"彼地多有萤光神及蝇声之邪神，复有草木咸能言语"。将所有情景拟神化，使其变得暧昧不明。以上表述，皆是为了通过模糊沼泽地的特征，将"让国"的范围由大和国偷换成出云国。交涉地点设定在出云的稻佐之滨，也是为了增加这个谎言的可信度。所以，自那时起到现代，人们才会认为"让国"仅仅指的是让渡出云一国的统治权。

我们认为，出云神话中的"国引"，实际上描述的是出云族在日本海沿岸地区势力扩张的过程。须佐之男的"巡视国土"是为了进行内部巩固。他的儿子大穴持命（即《日本书纪》中的大国主神）的婚姻，则是政治联姻的体现。其向古志国的奴奈川姬求婚，从而将越后也纳入出云的势力范围。考虑到流经日本海的对马暖流会向北移动，也就不难理解这一点了。

现代日本之所以存在"××美人"的称呼，大概是因为顺着对马暖流航行的种族将"出云美人"的称呼传播到了里日本[①]各国。因此，虽然日本海沿岸有京美人（丹波·山城）、加贺美人、越后美人（古志国）、秋田美人等称呼（这些美人的共同特点是肤色白皙、皮肤细腻），但太平洋沿岸地区却没有出现类似的称呼。这种称呼大概有利于古代的种族传播。——我与砂村保平有时也会这样开开玩笑。

那么，记纪上有记载，《出云国风土记》里却只字未提的

---

① 日本本州濒临日本海的地区。

须佐之男击败八岐大蛇的传说又是怎么回事呢？这个故事大概受印度支那地区传说的影响。多头大蛇在印度乃至高棉文化圈里都代表着古老的水信仰。在柬埔寨，以吴哥窟为首，所有的寺庙都会摆放娜迦（naga）雕像。娜迦与八岐大蛇相似，是长着多个脑袋的大蛇。娜迦的概念起源于公元前两千一百年左右的印度，公元二世纪左右，与原始佛教一起传播到印度支那半岛。因此，将水稻种植带到日本的苗族，或许也在无意中传播了娜迦神话。古人将蛇称为 nagamushi（长虫）。我和砂村保平笑称 nagai（长）这个形容词，或许就起源于娜迦这个外来语。

总而言之，须佐之男是作为连接大和王朝祖先与出云祖先的接点被创造出来的神话人物。他既是天照大神的弟弟，又是大国主命的父亲。并且，之所以设定打败大蛇这一情节也是为了引出呈献宝剑的故事。但八岐大蛇究竟是山岳溪谷中动物的拟神化形象，还是象征那座缠绕在山腰之上、名为神笼石的朝鲜式石城，抑或是对诸豪族的比喻，学术界向来有许多说法。最近出现了一个奇特的说法，说是指代大和的三轮山。但我们不打算在这一点上深究。总之，这个为了强调出云的从属地位而创造的宝物朝贡神话，很可能借鉴了印度支那地区的神话。从大蛇尾部掉出的草薙剑，后来成为日本武尊的佩剑，被当作宝物供奉在热海神宫。传说到了中世，神宫的神主偷偷打开箱子，发现那原来是一把铜制的波形短剑（引自《释日本纪》）。所以，我俩开玩笑说，与其在出云寻找铁矿砂，不如找找古代的铜矿山。

我与砂村保平经常互相拜访，热衷于讨论这些话题。从很久以前开始，我们就对记纪神话产生了一个疑问——为什么记纪神话里，尤其是《古事记》中，存在着大量对神之死、尸体的部位以及排泄物细致入微的描写？

　　下面我将引用几个段落，但因为过于烦琐，我会将诞生于各部位的"神的名字"省略。

　　伊邪那美命①生下的第三十四位神是迦具土神，但"因生此子，会阴（阴部）灼烧，病卧不起。秽物（呕吐物）生神名为××，次为××。屎生神名为××，次为××。尿生神名为××。"最终，伊邪那美"因生火神"而亡。

　　女神的阴部、呕吐物、粪、尿被毫无顾忌地描写了出来。

　　丈夫伊邪那岐在盛怒之下，斩下了害死妻子的孩子——迦具土的头颅。

　　"被杀之迦具土神，头生神名为××，胸生神名为××，腹生神名为××，阴生神名为××，左手生神名为××，右手生神名为××，左脚生神名为××，右脚生神名为××。"

　　书中描写了身体各个部位，甚至包括阴部。

　　丈夫伊邪那岐想念奔赴黄泉的妻子伊邪那美，不顾伊邪那美的劝阻，提着灯进入黄泉之屋，却发现伊邪那美的身体爬满了蛆虫，周围站着雷神。

　　另外，被高天原流放的须佐之男向大宜津比卖神祈求食物

---

① 日本神话中的母神，日本诸神都是她和哥哥伊邪那岐所生。

时，大宜津比卖"从口鼻、臀部取出种种味物"做了山珍海味招待须佐之男。须佐之男认为过于肮脏，一怒之下杀了她。此时，大宜津比卖的尸体变成了如下模样。

"头生蚕，双目生稻种，双耳生粟，鼻生小豆，阴生麦，尻生大豆。故此神产巢日御祖命，取之成种。"

这种从身体的各个部位诞生出神灵、生长出农作物的神话似乎是日本神话独有的。近几年，随着比较人类学的发展，学术界发现周边各国及各地区的古老传说都对日本神话产生过影响。但国外并没有像这样突出描写身体各部位的神话。北方系（蒙古、俄罗斯西伯利亚、中国东北部、朝鲜）没有，南方系（印度支那、印度尼西亚、中国南部、波利尼西亚等）也没有。

如果这种表现方式是日本特有的，那又是出于什么原因呢？

女性的阴部出现得尤其频繁。三轮山传说便是如此。《神武天皇纪》中有这样的情节，美女蹲着如厕时，男子化作涂了丹漆的箭，侵入满是粪便的出粪口，刺入女子的阴部。这位女神因生下的孩子名字中带有"阴部"的字眼感到苦恼，所以帮她改了名字。

《日本书纪》里，这个故事被认为是崇神天皇的故事。《古事记》里，富登多多良伊须须岐比卖变成了倭迹迹日百袭姬，这位公主是大物主神的妻子，但因为丈夫只在夜晚与她相会，所以公主并不知道他的长相。有一天公主强行偷看，发现丈夫实际上是三轮山的主人——一条蛇，公主深感悔恨，觉得自己令丈夫受到了侮辱。

"即箸撞阴蒉。乃葬大市。故时人号其墓，谓箸墓。此墓日人作，夜神作。"

传说这位公主自杀的方式，就是将筷子插入自己的阴部。

大物主神就是出云神话中的大穴持神（大国主神），由此可见，三轮山信仰也从属于出云系。埋葬着公主的大市，发音与大蛇类似，所以也有人认为三轮山便是八岐大蛇的栖身之所。不只三轮地区，协助过大和王朝的葛城氏、平群氏也属于出云系。葛城氏的祖先武内宿祢就入了出云臣的谱系，可见与出云同系。也就是说，大和的豪族是先住种族出云系的残支，他们也有独特的出云信仰。分布在大和至纪伊地区的熊野神社可以佐证这一点。然而，天孙民族为了使王国变得更加强大推行了绥靖政策，在这个过程中，出云信仰作为大和王朝的宗教被剥夺，出云本身也归顺了大和，以至于无法看出其本来的面貌。也就是说，作为记纪神话原材料的各种传说里，应该很少提及大和王朝的祖先。

那么，女性的阴部之所以频繁地出现在神话里，究竟是因为《古事记》的作者是个好色之徒，还是因为出云系传说里含带色情的成分呢？倘若是后者，那么《出云国风土记》的古代传说里一定会有淫乱的成分。但书中却丝毫没有此类性质的描写。

"啊，这种时候要是长谷藤八在的话，或许会说出与众不同的意见。"

砂村保平和我面面相觑，不约而同地说道。

5

长谷藤八是个非常古怪的男人。他从某私立大学的法语系毕业后，翻译了一阵子小说。刚开始只是给某位翻译打打下手，没过多久便成了独当一面的翻译家。话虽如此，也不过是每年给二三流出版社翻译两本书的程度。

不久，他因为翻译了某位法国人类学者的著作，开始对文化人类学产生浓厚的兴趣，学习了这方面的知识，一口气出版了三本文化人类学的书籍。因出版社不怎么出名，所以并未引发广泛讨论，但听这方面的专家说，翻译得还不错。他那时的年纪不过二十三四岁。

兴趣从文化人类学转移到世界古代史，再转移到日本古代史，是很常见的一个过程。长谷藤八出现在我们面前时，刚好处于这个阶段。

长谷藤八之所以被拉到我们小组，是因为河野启子。现在，启子已经结婚，搬到大阪居住。当时，她在砂村保平的研究室做助手。她有一位朋友叫长谷路子。路子当时就职于某家出版社，因为喜欢历史，所以就被河野启子带来参加我们的聚会。不久后，长谷路子对我们说，自己的哥哥也很想参加这个聚会，问是否方便。我们小组并非只招募学者的专业性组织，任何对古代史感兴趣的人都是欢迎的。

　　第一次见面，长谷藤八的样子就有些奇怪。他那时只有二十六岁，但因为瘦削苍白的脸颊，让人觉得某些地方过于老成。大概因为他很早就开始从事翻译之类的工作，养家糊口，所以吃了不少苦吧。妹妹路子比他小三岁。这位妹妹倒是身材窈窕，长得颇具魅力。哥哥藤八五官端正，长相与妹妹相似，但因为过于消瘦，总给人一种尖酸刻薄的感觉，隐隐带着凶相。这不仅是因为苍白的脸色，也和他眼中闪烁的异样光芒有关。

　　砂村问："您是不是哪儿不舒服？"

　　"不，我好得很，只是有点睡不着。"

　　长谷藤八微微抬起尖瘦的下巴，盯着砂村，昂然说道。

　　见得多了我们才知道，用这副表情说话是他的习惯。路子后来告诉我们，哥哥有长年服用安眠药的习惯。藤八之所以脸色不好，似乎是因为这个。

　　刚开始，长谷藤八并不会针对古代史发表看法。但随着出席的次数变多，他那单薄的嘴唇也开始磕磕巴巴地往外吐出见解。顺便一说，每当我想起他那略显结巴的说话方式时，眼前总会出现他单薄而鲜红的嘴唇。因为脸色苍白，嘴唇的红反而更加显眼。

　　长谷藤八第一次插话是因为"熊野"问题。记纪神话里，神武天皇是通过熊野进入大和的。关于这一点，学术界向来有很多说法："英雄时代"说认为，记纪的作者打算把与土酋战斗的神武天皇塑造成大和王朝的祖先与英雄；"日之御子"说认为，神武天皇的行进路线与太阳背道而驰，所以不能经由河内，必须绕远路取道纪州熊野；故事结构效果说认为，神武天皇进入"美丽国度"大和之前，必须历经磨难，走遍深山荒野，与贼人战斗。最后甚至出现了宗教试炼说。但没有一种说法足以使人完全信服。

长谷藤八却说，熊野的 kuma 实际上是 koma，即高丽。之所以冠上"熊"这个动物名，是基于记纪作者的蔑视态度。出云有供奉须佐之男的神社（出云国意宇郡熊野坐神社），纪州也有（纪州国东牟娄郡本宫熊野坐神社）。由此可见，天孙民族（应该是从半岛坐船过来的新移民）从大和地区夺走出云民族的土地后，将出云势力分隔在了两端，一端是西边的出云，另一端是南边的纪伊。对出云，他们创造了"和平归顺"的传说，对纪州熊野，则创造了武力征服的传说。因此，神武天皇的熊野征伐谭就显得十分必要了。所谓的"自昔祖祢躬擐甲胄，跋涉山川。"（《倭王上表》）其原型，大概就是针对出云民族的武力征服。其结果，出云成为"根之国"，而人们对熊野地区也存在同样的巫俗性印象。山岳重重的熊野自古以来就被认为是一个神秘的地方，这种神秘性与"黄泉之国"的概念亦有相通之处。之所以存在相通之处，是因为大和王朝还残留着对出云势力最原始的态度，那时的出云势力还没有被分隔成出云地区和纪伊地区。

学术界最近出现了一个古怪的说法，说要将平安时代的熊野信仰与普陀罗信仰结合起来思考。房州锯山、日光的男体山、相州镰仓、肥后玉名郡的海岸上，遍地都是普陀罗信仰的遗迹，这与熊野的神秘性哪里有半点关联之处呢？不过是学者心血来潮的想法罢了。况且，出云国里并没有一处普陀罗信仰的遗迹。

由这个话题开始，长谷藤八接二连三地发表了一些有趣的见解。他的说话方式虽然有点结巴，但却具备一种奇怪的说服力。并且，他还学习了大量的相关知识，似乎经常从旧书店购买相关书籍。他对这份兴趣的热爱或许已经深入骨髓。

过了不久，长谷藤八突然失去了踪迹。之前他也曾缺席过两三个月，中间露过一次面，随后消失了半年。在此期间，妹妹长谷路子偶尔会过来。向她询问哥哥的情况，开始的回答是病了。长谷藤八尚未娶妻，一个人住在江古田附近的廉价公寓。妹妹路子也没有结婚，住在大久保的公寓。妹妹偶尔会去哥哥的公寓，帮他打扫房间，洗洗衣服，所以非常清楚哥哥藤八的状况。

但是，半年都来不了，不免让人以为得了什么重病。我们提出想去看望藤八时，路子却慌慌张张地改口，说哥哥去旅行了。并且，是类似流浪的旅行，没有告诉任何人目的地。

过了很长一段时间，长谷藤八终于现身，精神十分抖擞，甚至还胖了一点。藤八说一切都要归功于这段无忧无虑的旅行，但依旧没有说具体去了哪儿。虽说去了旅行，可脸部的肤色依然白皙。也不知他是否就是这种体质。

每当他消失一段时间又再次露面时，他的古代史造诣就会变深。连身为专家的砂村保平都感到惊讶。并且，他还会发表一些我们想不到的新见解。举两三个例子就能让各位明白，他的见解是多么新奇，又是多么切中要害。但因为太过冗长，不得不在此割爱。

长谷藤八究竟去了什么地方旅行？又究竟是在什么地方学到这些知识的呢？我们都感到不可思议，他大概去了某个限制人身自由的地方，阅读了大量书籍吧。

不久，长谷藤八"旅行"的秘密被我们知晓了。某天，两位警察署的刑警找到砂村保平，询问道："听说长谷藤八拜访过您家，没给您添什么麻烦吧？"砂村很惊讶，问道："没添什么麻烦，到底发生了什么事？"对方回答，长谷藤八在九州因盗窃罪被捕，他的记事本上写着砂村家的地址，所以警署才派人过来询问。问过后才知道，长谷藤八已经有四次盗窃前科，加上这次就是五次。犯罪地点都在离东京很远的地方，例如四国、北海道、东北地区——这些都是砂村告诉我的。

我们感到无比震惊。这也难怪，谁能想到那位长谷藤八居然是个盗窃的惯犯呢？他翻译过法国人类学者的著作，怎么说也是个精通世界文化人类学的知识分子。刚刚开始研究日本古代史，就表现出让专家砂村保平都惊叹不已的研究水平。那些崭新的见解不但出人意料，而且充满了非比寻常的暗示性。我们甚至认为，他近乎天才。瘦长的脸颊、苍白的皮肤、异常鲜红的嘴唇、湿漉漉的目光——长谷藤八的相貌确实像一位天才。

虽然不敢相信，但一切并非无迹可寻。随着时间的推移，他"旅行"的时间也在逐渐变长，从两个月、三个月，再到半年；他绝不会告诉别人旅行的目的地；明明去旅行了却丝毫没被晒黑，肤色依然白皙，并且比之前健康丰满，这大概是因为他没有服用安眠药，在看守所过了一段作息规律的生活。

更进一步说，长谷藤八学习古代史的地点，一定是看守所。那是个最适合思考的地方。他那天才般的灵光一现，大概也是在那里产生的。这么一想，我的心里突然泛起某种奇特的感慨。那么，他又是怎么得到参考书籍的呢？看守所里可没有这样的书。想到这里，我的脑中自然而然地浮现出了长谷路子的脸。除了那位妹妹之外，世上不会再有其他人给他送这种书。每次，她大概都会根据哥哥信上写的书单，买好指定的书籍，寄到各地的看守所。

为了拯救长谷藤八，我打算找路子聊一聊。但这毕竟不是什么轻松的话题，我不知道该怎么开口。正当我犹豫不决之时，砂村保平打来电话，要我过去一趟。我到了之后，看见路子无精打采地坐在砂村对面，脸上有哭过的痕迹。漂亮女人哭泣后的脸总有一种异样的美丽。为了听她说话，砂村把老婆打发去了买东西。

这是三年前发生的事。

6

　　"哥哥从小就有偷窃癖。"长谷路子开口说道。她已经对砂村保平坦白了一遍。所以，每当她的声音变得断断续续时，砂村都会冷静地从旁补充。

　　据她所说，长谷藤八的偷窃癖开始于小学，那时，他只是偷一偷朋友的学习用品。念书时也在商场偷过东西，但没有被人发现。偷窃的原因并不是缺钱。他虽然读书刻苦、头脑聪明，却怎么也改不了这个习惯。他本人也觉得十分痛苦，虽然努力地矫正过，但这习惯就像一种疾病一样，最终变成了偷窃癖。对他而言，这个过程就像让一个嗜酒如命的人戒酒。之所以开始服用安眠药，也是为了抵制这种诱惑。

　　长谷藤八决定，在自己的偷窃癖改掉之前绝不娶妻。至今没有结婚也是由于这个原因。路子也迟迟没有结婚。虽然谈过恋爱，但却因为害怕哥哥的偷窃癖下不了决心结婚。她还谢绝了所有帮她说媒的人。她毕竟只有这么一个哥哥，无法狠下心来与他断绝关系。况且，哥哥对自己很好，自己也同情哥哥。就这样，路子错过了适婚年龄。她也放弃了挣扎，认为有这样一个哥哥就是自己的宿命。

哥哥虽然因为偷窃他人财物入狱，但因为金额不大，所以刑期都不长。第三次入狱时，他的心境似乎发生了变化。他似乎把看守所当成了一个学习和思考的地方，开始喜欢上那里。他在信上写下想读的书籍，大部分与人类学或古代史有关。这些书当然没什么问题，所以看守所也批准了。此外，他还受看守所讲师的影响，希望路子能寄《圣经·旧约》和相关的研究书籍。

听了这些，我和砂村保平都有种恍然大悟的感觉。路子继续说道。

哥哥结束第三次服刑，从看守所出来时说，记纪神话与《圣经·旧约》的内容出奇地一致。之后就开始频繁地对两者进行比较研究。哥哥的这个说法，老师们大概也听过吧。路子用湿漉漉的美丽眼睛朝我们看来，我们点了点头。

正如路子所说，长谷藤八说过，犹太神话的东渐构成了日本神话。他说得十分简略。

长谷藤八在我们面前出现并说出这个观点时，是在他结束了第三次"漫长旅行"之后。

他说："我读了《旧约》中的《创世纪》后，发现赫梯人的传说与记纪神话有许多相似之处。赫梯人大约在公元前两千年占领了幼发拉底河、卡帕多西亚高原和叙利亚的领土。他们与西边的希腊人接触，向后者传播古巴比伦文化，是一个对《圣经·旧约》产生过影响的民族。赫梯人就是《圣经》里的赫人。

"赫梯人生活在岩洞里，这与日本神话中的天之岩屋相似。赫梯人留下了长着羽毛的太阳圆形秃鹫像，传到日本，就变成了日本神话里的太阳和八咫乌。

　　"天孙民族无法立刻前往理想的苇原中津国，便降落到筑紫的高千穗，这个传说与赫梯人无法前往美索不达米亚平原，便南下占领巴勒斯坦的史实是相吻合的。

　　"赫梯人以'柱'形作为国王的象征，《古事记》中也用'一柱''三柱'等指代神的数量。另外，巴勒斯坦的游牧王和首领被称为'hiku'，记纪神话里，神的名字也多以'毘古（hiko）'、'彦'结尾。

　　"《圣经·旧约》里《巴比伦的囚徒》类似于迁居苇原中津国之前，处在蛰伏期的天孙民族。《出埃及记》类似于天孙民族军的东迁。摩西行于荒野时展示的神迹可以类比神武天皇通过熊野山岳地区时展示的神迹。摩西到达以色列后曾引吭高歌，与神武天皇凯旋时唱久米歌类似。

　　"《创世纪》中'起初，神创造天地。地是空虚混沌，渊面黑暗；神的灵运行在水面上。'与《古事记》中对大地的描写相似，'国稚如浮脂，如海中水母漂浮之时。'《圣经·旧约》第十章的系谱图罗列了人名，酷似记纪神话里对神名的罗列。因此，我现在正在研究《圣经·旧约》和赫梯人传说对记纪神话的影响。"

　　长谷藤八和往常一样，抬起下巴昂然说道。然后又表明，之所以关注到赫梯人传说与记纪神话的关联，是因为读了石川三四郎的《古事记神话新研究》。石川三四郎是明治末期至大正、昭和初期著名的无政府主义者。

长谷藤八的"新见解"虽然新颖，我们却觉得索然无味。因为太过异想天开了。比起研究这些，对日本邻近地区的传说进行比较研究要正统许多，这也是学术界一直在做的。尤其是朝鲜的《三国史记》，值得更加深入的研究。然而，长谷藤八却说，只有将视野扩大到古代世界航线上，宏观地把握文明由西向东传播的过程，才能真正解开记纪神话之谜。

抛下这样一个新颖的见解之后，长谷藤八开始了第四次"旅行"。前文已经说过，我们通过来找砂村的刑警知道了第五次"旅行"的真相。也就是说，长谷藤八借"旅行"与"旅行"的间隙出现在我们面前，发表他的新见解，而后又潜伏回"旅行"里，进行思考研究。

刑警对砂村说，长谷藤八再进监狱的话，前科就变成了五次。警察回去后，长谷路子便过来坦白了哥哥的情况。我们并非出于社交礼貌或同情，而是发自内心地为长谷藤八的才华感到惋惜。我们对路子承诺，藤八的刑期结束后，一定要亲手帮他改过自新。路子谢过我们的好意，却又拜托我们像从前一样假装不知道这一切，毕竟哥哥也有自尊心。

原来如此，倘若得知我们已经了解事情的真相，长谷藤八一定会感到颜面尽失。还不如像从前那样，假装什么都不知道，单纯地欢迎他从漫长的旅途归来。但是，如此一来，长谷藤八将不断地出入看守所，循环往复，没有尽头。

"事实上，有人可以救哥哥。"

那时，路子像下定决心一般说道。

"那个人是谁？"

"河野启子，初次参加聚会时，和我一起的朋友启子。"

"啊，是她啊。但你说过河野启子已经结婚，搬到大阪去了。"

"哥哥喜欢启子，启子也喜欢哥哥。但是，哥哥顾忌自己的'恶疾'，早已放弃了结婚的打算。启子也听从父母的安排嫁到了大阪。婆家经营一家老字号的海鲜批发店。但是，启子还没有完全忘记哥哥。"

我想起了长相可爱、身材窈窕的河野启子。

"启子知道你哥哥的'病'吗？"

"知道。"

路子用力地点了点头。

"所以，哥哥出狱时，启子打算去接他，把他领回家。"

"领回家？"

"启子想和现在的丈夫离婚。"

路子愁云惨淡的脸上，第一次露出了某种明快的神情。妹妹正在为哥哥的幸福做打算，进而为即将摆脱哥哥的自己松一口气。毕竟她也为哥哥推迟了自己的终身大事。

"你哥哥这次的刑期是多久？"

砂村问道。

"还没有判刑，但我觉得这次应该很长。因为有四次前科，所以几乎没有酌情审判的余地。"

"律师请得怎么样？"

"哥哥从没请过律师，这次大概也一样。每次都是用法院指定的援助律师。他本人并不觉得长期坐牢是一件痛苦的事。即使是长期坐牢，最长也没超过一年。但这次是第五次，很可能被判三年以上的刑期。监狱又在九州，没办法轻易去探视。哥哥也不喜欢我去看他，每次只是通过书信交流。"

路子的神情又黯淡了下来。

"话说回来，现在是昭和四十年的三月。法院应该不会判三年，即使判两年，到昭和四十一年年末也该放出来了。如果在看守所里表现良好，还能争取早日出狱。"

听我说完后，路子重重地摇了摇头。

"不，惯犯好像很难被宽大处理。况且……哥哥这次犯的，据说是抢劫罪。"

"抢劫罪？"

我吓了一跳。

"对，听说哥哥惊醒了那家的人，并且对那人说不要吵。就因为这样被定性成了抢劫罪。这次大概会在九州的看守所待上三年吧。"

"启子也知道这事吗？"

"知道。她从大阪寄了信过来，说用不了三年她就会离婚，一心一意等哥哥出来。大阪离九州比较近，听说启子直接去见了哥哥，当面跟他说了。"

"可以给你哥哥所在的看守所寄信吗？"

"这点我想拜托二位。"

路子低下头，哀伤地说道。

"请二位务必装作什么都不知道。哥哥如果知道老师们明白了真相，一定没有脸面再见你们。参加老师们的聚会，聊古代史的话题，是哥哥人生中唯一的乐趣，也是他活下去的意义。"

"啊，你说得对。"

我们不得不假装长谷藤八只是去了长途旅行。

最终，长谷藤八一审被判处三年有期徒刑，他没有上诉，于今年（昭和四十三年）的早春刑满出狱。

但是，长谷藤八结束了这次"旅行"之后，并没有像往常那样出现在我们面前。

"哥哥似乎察觉出老师们已经知道真相了。"

今年四月份，妹妹路子来找我们。

"所以他觉得丢人，不敢来见你们。不，他嘴上没有说。你们也知道，他就是那种古怪的性格，所以什么都不会说。但我太了解他了。他现在住在九州的某个地方，和启子生活在一起，两个人过着平静的生活。我没去过哥哥住的地方，只是通过书信知道的。……我想，不久之后哥哥一定会来找二位老师，毕竟他那么喜欢古代史，喜欢到无法自拔。"

我们之所以在对《古事记》中的人体描写、女性性器官描写产生疑问时，不约而同地想起长谷藤八，原因就在于此。

7

我几乎快要忘记自己曾把旅客登记簿的事告诉给砂村保平。自那之后过去了三个礼拜，这次砂村保平来了我家。那是昭和四十三年十一月初发生的事。

"前段时间，你来过我家。还记得吗？就是你老早之前坚持的那个看法，《古事记》里有许多关于身体各部位和阴部的故事。"

砂村开口说道。

"你回去之后，我也思考了很多。一直以来，女性生殖器作为生育的象征，被赋予过许多与农耕相关的咒术性信仰，陶土人偶等文物就是很好的例子。但传说里却很少出现女性生殖器。俄罗斯、中国、朝鲜等北方系传说里是没有的，这些传说都被认为对日本神话产生过影响。印度支那、印度尼西亚、波利尼西亚地区的南方系传说好像也没有。从传说本身来看，我认为更偏向于南方系。所以就试着问了问长谷藤八的意见。"

"长谷藤八？你往九州寄信了吗？"

"不，没有直接问。你也听到了，他妹妹路子反对这么做。他们兄妹的心情，我也不是不理解。我是通过路子给他寄信，向他询问的。"

让妹妹做中间人倒是个不错的想法。这么做避免了直接接触，多少能照顾到长谷藤八的自尊心。当然，即使这么做，也不能完全消除与我们背身而去的长谷藤八的怯懦。但比起直接接触，至少不会给他现在平静的生活带来伤害。即便通过亲妹妹传话，长谷藤八也未必会回信。但从砂村的表情来看，似乎是有了回应。

果然，砂村从口袋里掏出了一封信。信封上的地址显示，这是住在大久保的路子寄给他的。是昨日寄出的特快信。

"长谷藤八的信封被路子拿掉了，她不想让我们知道住址。"

信封里有七张信纸，密密麻麻全是长谷藤八的字，他的字迹我是有印象的。

"因为下雨的关系，近来天气偶有回寒。我想您问这个问题，大概是为了揶揄小生。但我还是想依照惯例发表一下拙见，望别见笑。

"从前，我因为《圣经·旧约》与《古事记》的相似之处，推测赫梯人传说从小亚细亚传播到了东亚，对日本原住民族的传说产生过影响。并且，我也就这一点进行了研究。《古事记》之所以能成为研究素材，是因为其大部分内容源自先住民族，也就是出云系民族的传说。

"关于这一点，石川三四郎先生的《古事记神话新研究》写得很详细，故在此不做赘述。小生从这本书中获益匪浅。但是不管怎么说，那都是昭和八年出版的书籍。与当时相比，现在的记纪神话研究，在比较民族传说学、考古学、文献学等方面都取得了长足的进步。此外，战后，社会上也打破了许多与皇室相关的禁忌。所以石川先生的理论难免有其局限性，也不能否认细节里存在牵强之处。

"小生认为与《古事记》类似的与其说是赫梯人传说，不如说是继承了其内涵的《古兰经》。《古事记》与《古兰经》虽然分属东西两端，但大体诞生于同一时代。《古兰经》完成于七世纪，记纪诞生于八世纪初。我认为，通过研究《古兰经》，可以找到目前学术界不甚了解的赫梯传说的原型。

"在寻找《古兰经》与《古事记》相似之处的过程中，我有了以下发现。

"'古兰'的本意是朗诵。因此，比起用眼睛阅读，《古兰经》更适合高声朗诵。《古事记》也是经稗田阿礼等巫师'诵习'而成。也就是说'诸家所传帝纪及本辞'原本都是通过巫师口述流传下来的。因此，《古事记》也一样，比起用眼睛阅读汉字写成的文本，诵读更接近其本质，能够使听众处于精神恍惚的状态。赫梯人的诗里也有相关描写。

"《古事记》里的雷神、迦具土神不是纯粹的神，而是介于神和人之间的自然神或邪神。他们是火神。火的神圣性，通过神道可见一斑。宇比地迩神、须比智迩神、瓮速日神、丰日别等神名中的'比''日'都可以替换成'火'字。

"大国主神有多名情人，神武天皇以下的帝王均有后妃无数，这样的描写似乎并非偶然。

　　"既然赫梯传说也属于沙漠宗教，那么《古事记》里必然有相关的痕迹。须佐之男那首'八云立'的恋歌就是一首祈雨歌，大国主神的'井之神'一事也值得注意。只有在热带沙漠旅行过的人才会懂水的珍贵。我认为，迄今为止，记纪学者把记纪文学中表现出来的水信仰完全归根于农耕生活是极大的谬误。比如，《古事记》里记载水井旁长着汤津香木。汤津香木应该是柚子树。柚子、橘子本来就是热带植物。田道间守受垂仁天皇之命，从常世国带回来的非时香果就是橘子。此外，丰玉姬的女婢拿来汲水的玉器，被认为是一种壶。某些版本的《日本书纪》将其写作'瓶'，念作'tsurube'。它的原型并不是日本的水桶，而是热带地区的女性用来汲水的大壶。丰玉姬也许会用女婢搬来的水壶喝水，这幅画面请参考青木繁的名画《渡津海鳞宫》。

　　"如此一来，我们就知道了《古事记》的创作离不开那些受赫梯传说影响的神话。要想了解赫梯传说，最好以诞生于后世的《古兰经》为线索。我认为，您询问的身体各部位的问题，最好也从《古兰经》上找答案，这样更有助于厘清赫梯传说的源流。

　　"由此可见，《古兰经》中也存在许多《古事记》的影子。但是，记纪里出现了大量的神，而不信奉唯一的神。只是，记纪中将天照大神、高皇产灵神奉为超然万能的神，这一点与一神论也有相似之处。其他神可看作是各部族的族长、连接天神与人类的使者神。

"综上所述，小生的《古兰经》研究尚处于起步阶段，以上不过是些灵光一现的想法。可能的话，今后我还想学习阿拉伯语，阅读原文经典。赫梯学这方面，也想从 H. 温克勒、B. 弗洛尼兹等学者的先行研究入手。但这些只是想法，还没付诸行动。

"写了一些不着边际的东西，恐怕难以解答您的疑问。以上便是我的答复。"

我读完后将信还给了砂村。信纸看上去十分粗糙，整体上给人一种暗沉的感觉。长谷藤八似乎居住在偏僻的乡村。砂村立刻把那封信放进衣服口袋。

"长谷藤八果然是个热心人啊。先不管他说得对不对，《古兰经》是沙漠的宗教，能立刻联想到赫梯人传说倒是挺有意思的。"

我对砂村说道。

"嗯，但是对你一直以来的疑问好像没什么帮助。"

砂村同情地说道。

"不会，我也想以自己的方式研究。……但是，长谷藤八究竟住在九州哪个地方呢？"

"谁知道呢。这一点就连路子也讳莫如深。"

"这封信是什么时候寄到路子家的？"

"听说是前天。昨天，路子把它寄给了我。"

"他大概正同河野启子一起生活吧。"

"应该是。虽说长谷藤八一生坎坷，但能有这样一位深爱着他的女子陪伴左右，也是一种幸福。"

"启子居然从夫家跑出来和他生活在一起，也算是豁出去了。"

8

我们又聊起了出云神话。接着谈到了《出云国风土记》里没有的，只在《古事记》里存在的八岐大蛇传说。作为贡品被进献给大蛇的栉名田比卖，她的父母名叫足名椎、手名椎。姓名之中也带有"手""足"等身体器官。

"足名椎、手名椎是须佐之男妻子的父母，如果《出云国风土记》中有记载的话，那么理所当然会被供奉在神社里。可是出云国的任何一个地方都找不出这样的神社。"

听我说完，砂村立刻说道："不，有的。是个小祠堂。因为那里只立了个类似木桩的玩意儿，所以并不起眼。"

"是吗？居然有那种地方啊。《出云国风土记》解说书的附图里似乎没有，那地方在哪儿？"

砂村一时语塞。

"嗯。……这个吗，我也不知道。"

"是吗？总之，应该在肥川上游吧。他们应该住在须佐之男打败大蛇的地方。对了，应该在鸟发山附近。"

我说出了自己的推测。

"或许吧。"

砂村快速地点了点头。这个话题到此为止，我们转而聊起了别的事。

自那之后过了四五天，外甥木谷利一来了我家。

"舅舅，我终于找到津南仪十了。"

利一面带微笑，气势却很足。

"津南仪十"就是昭和四十年五月二十七日和同伴入住松江 A 旅馆的男性，据我们的推测，他后来又委托某位身份不明的男性 X，把登记簿上的名字改成了"大宫作雄"。

"是吗？在哪儿？"

"津南仪十"一定是个假名，想到连这个名字都可能跟某个人的真名接近，我就觉得不可思议。

"可以说是灯下黑了。这个人，是警视厅警备科的一位警部补。"

外甥说道。

"警视厅？"

"是的。我因为公司的事去了趟警视厅，你猜怎么着，某个办公室门口刚好贴着写了这个名字的名牌。津南仪十可不是个能轻易想到的假名。所以在登记簿上写名字的，一定是某个知道这位警部补名字的人。"

"该不会就是他本人吧。"

"我直接问了津南警部补。他说一次都没去过松江市。"

"是吗？"

"因为有大宫作雄的前例在，我就问了津南先生的出身院校。津南毕业于某间私立大学的德语系。然后，我去翻了毕业名簿，和他同届毕业的人里，虽然专业不同……但是，居然有一位舅舅的熟人。"

"什么？又是我认识的家伙？"

"正是。"

外甥看着我的脸。

"猜猜他是谁？"

"这种事我怎么猜得出来。到底是谁？"

"长谷藤八哦。"

"什么？"

这次轮到我目不转睛地盯着外甥的脸。

"我曾经听舅舅提过长谷藤八，说他是一个经常对古代史发表奇妙见解的人。"

我呻吟了一声。之前的"大宫作雄"是真实存在的，"津南仪十"也是真实存在的。并且，前者是砂村保平的大学同学，后者是长谷藤八的大学同学，而他们两个又都是我的朋友。

"登记簿上的两个名字，都跟舅舅认识的人有关。这两人的交叉点可是舅舅呢。"

"你想说，我很可疑？"

"开个玩笑。不过站在旁人的角度，确实会这样怀疑。"

虽说是个玩笑，但的确令人不可思议。

"假设那个人真的认识津南仪十，那么很有可能是与他同年毕业的大学同学。那年所有专业加起来，总共有六百五十三名大学生毕业。也就是说，那个人很可能是这六百五十三分之一。并且，其中可能性最高的是津南先生就读的德语系，再来就是专业不同，但认识津南先生的人。"

"认识津南的可不只有他的大学同学。"

"你说得对。但照这个思路走，范围就会无限扩大，根本无从查起。举个极端的例子，有人很可能只是偶然经过一户人家，就把门牌上的名字拿来用了……基于这些考虑，我又一次找到了津南警部补，问他认不认识一个叫长谷藤八的人。津南回答说不认识。既然专业不同，不认识也没什么奇怪的。但是，还有一种可能，那就是津南仪十这个名字过于特殊，所以对方只记住了名字。"

"嗯，嗯。"

"于是，我又想起一件事，就是津南仪十在两个月后把登记簿上的名字改成大宫作雄的动机。我们之前的想法是，他本人借了熟人的名字，害怕事后追查到自己身上，所以才拜托别人修改。但是，似乎又不仅仅是这样。联想到津南先生就职于警视厅这件事，或许正因为对方是警察，所以才觉得危险吧。"

"那么，那个在登记簿上写下津南名字的男人，就是汤村温泉那起白骨碎尸案的凶手喽？"

"这一点还不清楚，但似乎脱不了关系。所以，我猜是这么回事。那个人不小心借用了津南先生的名字，却又想起对方在警视厅工作，便急急忙忙拜托关系亲密之人，将登记簿上的名字改成大宫。然而，那个人千算万算也算不到，登记簿的副本居然被送到了当地的警察署，津南的名字因此保留了下来。当然，普通游客原本就无法知道这一层。"

"你的意思是，在登记簿上写下'津南仪十'的人，是长谷藤八？"

"我可没这么说。但他有几百分之一的嫌疑。"

"嗯，按照你的逻辑，两个月后，将登记簿上的名字改成'大宫作雄'的就是砂村喽？"

"不，那可不一定。我跟舅舅都认为两个月后去 A 旅馆完成改名工作的是另一个人，实际上，也可能是同一个人。旅馆的女佣因病去世，没法问清楚那人的长相，有点可惜……但是，舅舅，同时认识津南仪十和砂村保平的是长谷藤八。如果，长谷藤八知道砂村先生的同学里有一个叫大宫作雄的人，那么他就同时掌握了津南和大宫两个名字。"

"喂，你等等。"

我打断了外甥的长篇大论，盯着天花板开始思考。

"白骨碎尸案发生的时间，是在昭和四十年的晚春至秋天（当地警署的推测）。'津南仪十'入住 A 旅馆是在同年的五月二十七日，将登记簿上的名字改成'大宫作雄'的人于两个月后入住 A 旅馆，也就是同年的七月末。旅馆已经把登记簿原件和副本统统烧毁，所以无法看到笔迹。但无论如何，两人入住的时间都在'晚春至秋天'这个时间段内。尤其是'津南'，他入住的时间是五月二十七日，应该在凶案发生之前。并且登记簿上显示，那时和他一起入住的，还有一位不知姓名的同伴。（旅馆登记簿不写详细姓名，只写随行人一名是常见的情况）如果，那名女性就是白骨碎尸案的被害人，那么五月二十八日早晨，两人离开松江的旅馆后，'津南'就动了手。从时间线来看，这一切都很合理。只是，'晚春至秋天'这个法医推断的死亡时间实在过于宽泛，但尸体毕竟弃置了一年以上，已经化为白骨，很难推测出准确的死亡时间，当地的顾问法医考虑到误差，才不得不把时间范围拉长。

"但无论是'津南'还是'大宫'，都跟长谷藤八没关系。为什么这么说，因为昭和四十年三月的时候，长谷因抢劫罪在九州被捕，被判三年有期徒刑，一直在九州的看守所服刑。"

外甥利一听完我的话后，语出惊人。

"舅舅，长谷藤八没在九州的看守所服刑。"

"什么？你是怎么知道的？"

我惊讶地反问。

"我拜托津南仪十警部补询问了法务省的矫正局。当然，我没有跟他说案件的事。询问的结果，长谷藤八确实有四次前科，但昭和四十年以后的服刑记录里，别说九州了，全国任何一个地方的看守所，都找不出一个叫长谷藤八的人。"

"但，这是长谷藤八的妹妹路子小姐……"

"只是他妹妹的片面之词吧。除了听他妹妹说过之外，还有其他客观证据吗？"

被外甥这么一问，我只好回答没有其他证据。因为出自长谷藤八亲妹妹之口，我跟砂村便自然而然信以为真。以当事人会感到羞耻为由，阻止我们给在九州服刑的长谷藤八寄信的，也是路子。

我的脑海里浮现出路子美丽的脸庞和她眼中蓄满的泪水，摇了摇头。连砂村也对路子的谎言深信不疑。

"为什么路子要对我们撒这样的谎呢？"

我喃喃自语，半是在问自己。

"很令人费解吧。光听舅舅的说法，我也搞不懂为什么。"

莫非碎尸案的凶手就是长谷藤八，妹妹路子知道了真相，在包庇哥哥。……根据外甥的推理，真相似乎就是如此。

"怎么样，舅舅。这几天跟我去一趟出云吧。"

外甥一边观察我的脸色一边说道。

"出云？"

"舅舅还没去过吧。现在看来，我们必须为舅舅的第二专业做一次实地调研了，除此之外别无他法。我来做你的向导。"

我不是不明白外甥的意图，因此也有点动心。

"是吗？那干脆去一次吧？"

"你可别反悔。坐飞机的话，只要两个小时就能到米子机场。"

"把砂村君也带去吧。他也没去过出云呢。"

"不，下次再带砂村教授去。这次先瞒着他，也请不要跟他说我的推测。"

我看着外甥的脸，点了点头。松江登记簿上用来替换"津南仪十"的"大宫作雄"，实际上是与砂村同年毕业的大学同学。我们虽然没有理由怀疑砂村，但这件事，连同津南仪十与长谷藤八的关系，或许会给他的心灵蒙上阴影。外甥利一之所以不让砂村同行，大概也是基于这层考虑。

外甥回去之后，我越想越心惊。昭和四十年三月后，假设长谷藤八没有被九州警察扣押，也没有在看守所服刑。那么当时，他到底在哪儿呢？

听说，他现在正在九州的某个地方和逃离夫家的河野启子同居，过着隐姓埋名的生活。那么，他们现在又在哪儿呢？不过，仔细想想，这一切也不过是路子的一面之词。除了一周前，砂村通过路子，收到长谷藤八的信。

9

两天后，我和外甥利一踏上了出云的土地。

松江的 A 旅馆位于宍道湖畔。但我们只在外面看了看，没有进去。即使现在去，也无法解开"津南仪十"和"大冒作雄"之谜。这全怪此时此刻跟我在一起的"木谷利一刑警"当时没有好好调查。不过，汤村温泉树林里的白骨碎尸被发现是一年之后的事，那时外甥已辞职上京，并不知道这起案件。外甥现在之所以对调查如此热心，大概也是出于一种内疚心理。

我们先坐出租车从松江出发，往南去了八云村的八重垣神社。十一月末，飞机上坐着许多新婚夫妇。"八云立，出云八重垣"的八重垣神社更是挤满了求取姻缘的新婚夫妇。我总觉得，三年前在松江旅馆登记簿上写下"津南仪十"的人就在其中，正和女伴在神社内散步。不知不觉中，他们的身影与长谷藤八和河野启子重叠在了一起。

接下来，我们前往的是熊野神社。驶过平坦的田野后，道路渐渐变狭窄，将我们引入山谷。四周遍地都是村庄。眼前的路还是水泥路，之后便是泥巴路。田里的庄稼已被收割完毕，山上枫叶正红。神社前流淌着一条小河。走过桥时发现，河边并排的樱花树只剩下光秃秃的枝丫。我们穿过楼门，往神殿走去。

　　相传，熊野大社供奉的是须佐之男。但《出云国风土记》里却称之为熊野加武吕乃命。出云国造神贺词称之为加夫吕伎熊野大社、栉御气野命。这些神社在记纪文学里是没有记载的。学术界通常将"栉（kushi）"解释成"奇"。但我并不赞同。我认为"kushi"是"kushifuru"（日向的槵日山）的"kushi"。应该是古代朝鲜语。将"kushifuru"（《日本书纪》写作槵日）一分为二，"kushi"就变成"栉"，"furu"变成"布都"（《古事记》）。本居宣长在《古事记传》里写了一段莫名其妙的话，说："布都为对物无所留念，彻底断离之意。""furu"在朝鲜语中意为"火、村"，后变作"牟礼"这一日本地名。纪伊的熊野坐大神被供奉在东牟娄郡并非巧合，"牟礼"与"牟娄"出自同一词干。"kushi"在古朝鲜语中指代的是"有山的土地"。"古志"（越后）国的名称由此而来。有人将"御气野"解释成"御食"从而与谷物挂钩，我认为这种解释也有问题，比起解释成农耕，解释成狩猎更加合理。

　　我透过出租车的车窗，观察了一下坐落在天狗山（熊野山）山麓某个集市的地形。天狗山高六百一十米，相传是熊野神社原本的坐镇之地。翻过大原郡海潮乡（《出云国风土记》）对面的山岭时，又特意停下车，俯瞰了一遍。集市位于狭窄的山谷入口处，现在的熊野神社位于宫内（地名）一带，那附近也是峡谷。我问过熊野神社的神主，对方说，熊野神社从很久以前开始就保留着射猎山中野兽的古老仪式，神主也有将这种仪式推广至全国的想法。当听到这番话，看到被崇山峻岭包围着的村落时，我更加坚信原先的想法是正确的。"栲御气野命"指的不是农耕神。这便是实地考察的好处。

翻过山岭，来到海潮郡。行至中途，道路被一分为二。我们先去了北边那条前往松江的路，路上发现了须我神社。神社前有一条冷清的商业街。须我弥命（sugane）的"须我"，其词干似乎出自朝鲜语"suguri"（村主）。Asuka（飞鸟）、kasuga（春日）等地名，须佐、须我、佐我等神名或人名，也是同一词干的派生物。

我在出租车内和神社内向利一讲解了以上知识。本以为他一定会强忍住打哈欠的冲动，没想到却听得格外认真。

到大东町时，已是傍晚时分。我们到达米子的时间是上午十一点半，从松江到这偏僻的山区，半是参观半是赶路，不知不觉间，时间过得飞快。再加上秋天白昼时间短暂，周围立刻变得暗沉沉的。

"接下来，我们去玉造温泉投宿吧。"

我想去看看制造勾玉的地方，外甥却提议道："玉造那种大型温泉明天再去，今晚先住山里的汤村温泉吧。"

我明白了他的意图，立刻表示同意。他是想去白骨分尸案的现场做实地调查。

从大东町到木次町，一路向南行驶。在大东，我们看见了铁路，到木次时，又慢慢看不见了。出租车的行驶路线渐渐偏离木次线，开始往西行驶。路虽然是水泥路，却非常狭窄。道路左侧是山，右侧是溪流，透过一排排杉树，可以看见黑乎乎的水面。沿途看不见住家的灯光。

汤村温泉虽然位于偏僻山区，到达时却看到了明亮的灯光，不由松了一口气。旅馆只有五六家，我们尽可能挑了最大的那家。《出云国风土记》中将此地称为"漆仁川边之药汤"。泡完温泉后，我与外甥一边吃着野菜和山女鳟做成的菜肴，一边推杯换盏。心里想的却是找机会向上菜的女招待询问案件的事。

然而，关于两年前被发现的那具白骨碎尸，女招待和旅馆的人知道的并不比我们多。从旅馆所在地沿公交车行驶的道路往北走一公里，然后登上东侧的山坡，翻过尾根后就能看见一个山谷，案发现场就在山谷之中。现在这个季节，山里的树都掉光了叶子，草也枯萎了，正是爬山的好时候。热情的女招待说要带我们去那儿看看。然后又补充了一句，说尸体的下半部、腰部以及半边的手骨依旧没有被找到。

"凶手是个男的，死者应该是女的。大概是一对中年男女吧。案发前，这里的温泉有接待过这样的客人吗？"

我含糊地问道。尸体刚发现时，警察做了细致的询问。可所有旅馆都说，事情已经过去了一年多，早就记不清了。警察也一一核查了各旅馆登记簿上的姓名住址，但三分之一都是胡编乱造的。

"男女同行的客人，姓名住址一般都是胡乱写的。"

女招待笑着说道。看来哪里的旅馆都是一样的情况，但住在松江A旅馆的"津南仪十"和"同住人一名"似乎有着其他含义。

我在河水声中入睡，旁边的枕头睡着外甥。第二天一早醒来后，我朝窗外看去。"漆仁之川"（斐伊川）笼上了一层雾气。这是天亮后我们第一眼看到的景色。河对岸重峦叠嶂，在雾气中影影绰绰。北面和西面高山夹击，斐伊川被夹在山谷中，自南向北流淌。我和外甥在早饭前走了一回河上的吊桥。

吃完早饭，九点左右时，雾散了。我们在女招待的带领下，爬上一条小坡来到国道上。这里是一处公交车站，仅有一家餐饮店。公交车会沿着国道往南开，翻过山岭后到达三成町，而后折返。

我们走到国道对面，往反方向走去。因部分山麓突出，路并不是一条直线，有若干拐弯处。左侧是河流，马路下是一排排的杉树林。昨天晚上，我们在公交车上看到的就是这幅场景。

我们沿着山麓登上斜面。到达尾根前要爬一条陡坡，让我感到有些吃力。年轻的女招待和外甥倒是显得不费吹灰之力。这一带果然长着许多杉树。草都枯萎了，走起路来不那么费力。终于，我们到了尾根。原来如此，对面还有一座山。那座山的背后还有好几座山的棱线相互重叠。这里是名副其实的深山老林。

"就在这附近。"

女招待下到山谷里，指着一片杉树林说道。这一块地方稍微平坦，周围长满了低矮的灌木丛。草叶变成了黄色，有的枯萎了，有的被折断了。女招待像现场调查人员一般向我们细细地介绍：头骨与身体的骨骼在这边，一只手在那边，两只脚在那边。从谷底向左右看去，两边都被高山的斜面夹击着。狭窄的天空在秋天洁净的空气中变得澄澈透明。鼻尖时不时能嗅到枯草的味道。

"双脚的骸骨被摆成大大的八字形,放在了草地上,对吗？"

利一问道。

"对，听说是那样。"

女招待红着脸回答道。

"两腿的大腿根部、腰部及以上的骸骨却不知去向？"

外甥询问的语气让人产生一种错觉，仿佛他又变成了当年那名刑警。

"对。"

"也就是说，双脚上方什么都没有。稍远一点的地方剩下连着头骨的胸部肋骨。所以，腰部的地方是空白，只有杂草……但是，相当于腰部位置的草丛里却长着三四株低矮的麦秆，并且已经枯萎。"

"听说是那样。"

这些情况，我曾听外甥说过。

"这种地方会长麦子吗？离这儿最近的麦田在哪里？"

"有好一段距离呢。翻过这座山，往国道的方向走，就在山脚下。不过，有可能是野狗或者猴子什么的动物路过麦田时，麦穗沾到皮毛上，然后掉在这里的。毕竟这地方很少有人来。"

我也从外甥口中听到过这些。

"嗯，不过，还真巧啊。"

外甥一边喃喃自语一边迈开步子，开始爬来时的斜坡。那时，我本该意识到外甥这句嘟哝真正的含义。

我们和女招待一起翻过尾根，走下通往国道的陡坡。国道上，往返于宾道和三成的公交车正行驶着，白色的车顶在秋天的阳光下闪闪发光。

到了国道上，五个骑自行车的初中生成群结队地从马路对面过来。女招待认识这附近的初中生。初中生看见我们俩人，用当地的方言问道："是去看阿西那了吗？"

女招待笑着摇了摇头，初中生们便踩着脚踏骑远了。

我以为阿西那是一个叫"芦名"的人，但即便是方言，这种说法还是有点奇怪。

"阿西那是什么呀？"

我问女招待。

"阿西那是供奉神灵的祠堂，就在那边。那里供奉着栉名田比卖的父母，他们的女儿差一点被八岐大蛇吃掉，后来被须佐之男救了。"

知道是足名椎、手名椎的祠堂后，我表示十分想去看看，催促女招待带我们去。

　　往回走了不到五十米，就看见了祠堂。它在国道旁靠近山坡的地方。周围生长着杉树，祠堂被木制栅栏围在中间。不，那甚至不能说是一个祠堂。那里只有一根陈旧的木桩，木桩上写着"足名椎命·手名椎命"几个字，墨迹已变淡。如果没有当地人带路，是绝对不可能找到的。即便如此，他们再怎么说也是神话中赫赫有名的大山津见神的儿子、儿媳，居然以如此寒酸的形式被供奉在此处。我有些惊讶，呆呆地望着杉树下昏暗的木桩。

　　我不知道此地竟然存在足名椎、手名椎的坟墓（此处存疑）。《古事记》中记载，降落在鸟发山的须佐之男看见河流上漂浮着筷子，便顺流而上，来到肥川上游，见到了足名椎夫妇和他们的女儿——栉名田比卖。学术界认为，鸟发山就是现在的鸟上山，所以足名椎夫妇的住处应该在东南边的横田地区。我也同砂村讨论过这个问题。

　　我的脑海里似乎有一道光炸裂开来。那时，砂村确实说过，足名椎、手名椎的祠堂里"只立了个类似木桩的玩意儿"。砂村说的不就是我眼前看到的这幅景象吗？——没有亲自到过这里的人绝对说不出那样的话。更何况，任何一本岛根县观光手册都不会有关于这所祠堂的描写。

　　砂村，曾经来过这里。但他却声称自己一次都没去过岛根县，也不知道这所祠堂究竟位于何处。——是了。事到如今我才想起来。那时，砂村一时口快，不小心透露出足名椎、手名椎的祠堂就在出云。人一旦知道某件事，就容易在不经意间说出口，这种情况很常见。说完那句话后，他虽然立刻摇头，并回答自己不知道祠堂的具体位置，但他的脸上却流露出了一种后悔的情绪，好像在说："糟了，说漏嘴了。"

砂村明明来过这里，为什么却坚称自己一次都没到过出云？难道说，他有什么难言之隐，不能让别人知道自己曾来过出云？

我理所当然地联想起对面山谷发生的白骨碎尸案。"大宫作雄"大学时代的同学不正是砂村吗？正如长谷藤八不小心在A旅馆的登记簿上写下大学同学的名字一样，两个月后，前来更改名字的砂村，会不会也出于同样的心理，将脑海里浮现的大学同学的名字直接拿来用了呢？这种可能性也不是没有。长谷藤八与砂村保平，在我的眼中变成了两个越拉越近的影子。

当我想起长谷藤八那苍白的皮肤、鲜红的嘴唇、疯狂的眼神和古怪的性格时，我渐渐明白了外甥在谷底的喃喃自语。"不过，还真巧啊。"他口中的"真巧"，是对案发现场与《古事记》的记载高度重合发出的感叹。

"须佐之男命……杀大宜津比卖神。故，被杀神之身生物。头生蚕，双目生稻种，双耳生粟，鼻生小豆，阴生麦……"

缺失的腰部骨骼也是会阴所在的部位。那个位置，居然长出了麦秆。

此时，我才第一次明白凶手为什么要把腰部的骨骼拿走。那块骨骼绝不是被山中动物叼走的。凶手正是为了使这个部位的土地"长出麦子"，才把碍事的腰部骨骼，也就是骨盆拿走。

　　这是《古事记》里记载的女性尸体的神话仪式。它被人在现代社会还原了。天底下只有一个人会用这种变态的方式杀人。除了长谷藤八还能是谁呢？

10

令人郁闷的旅行还在继续。外甥利一回到了木次，说是要去警署仔细询问白骨案的情况。我没去警察局，并不是认为自己去了也派不上用场，而是害怕再次听到警察的调查结果。利一说完："舅舅也该累了，在这儿随便吃点什么，等我回来。"便把我放在木次站附近的大众食堂，一个人走了。此时已过中午，我却没有食欲。咖啡跟兑了水一样。我整个人像患了感冒，四肢无力，身体微微发热。

我把手肘撑在餐桌上，双手托着脑袋思考着：假设凶手是长谷藤八，那么砂村扮演的又是什么角色？——他不是帮凶。但是，他却是那个知道了长谷的罪行后，时隔两个月去往松江市A旅馆，将登记簿上的"津南仪十"改成"大宫作雄"的X。砂村不小心用了大学时代关系不怎么亲密的同学"大宫作雄"的名字。他大概也是在那个时候，游览了出云各地。因为砂村包庇了长谷，所以才无法向我坦白自己去过出云。

那么，死者又是谁呢？只能是河野启子了。——昭和四十年三月，长谷藤八并没有进看守所服刑。他真的去旅行了。那时，他必定已经和逃出夫家的启子生活在了一起。所以，妹妹长谷路子也撒了谎，她对我们说启子等到长谷出狱后才跟他同居。迄今为止，我以为砂村同我一样，都受了路子的欺骗，是我太天真了。砂村当然知道真相。他和路子一唱一和，在我面前装傻。在帮助长谷藤八隐藏罪行这件事上，砂村和路子无疑是同谋。

长谷和河野启子在我不知道的地方（或许真的是九州）同居，但日子却过得不如意。爱情立刻迎来了幻灭。长谷开始最后一次 "漫长的旅行" 是在昭和四十年三月（事实上，他在同年的二月还参加了我们的聚会）。杀害河野启子是在五月二十八日之后，这中间不过短短三个月的时间。长谷藤八或许对启子的所作所为感到恼怒，又或者是启子的前夫激怒了他。

长谷藤八的精神状态异于常人。他针对古代史的那些异想天开的思考，并非不能说是疯言疯语。正常人也不会因为偷窃数次进看守所。再加上，他被《古事记》操控了身心。他装作什么都不知道的样子将启子引诱过来，在松江住了一晚后又去了汤村。在那个山谷里将启子杀害，将尸体肢解，再把尸体的下半部分拿走，埋在不为人知的某个地方。只拿走一个部分难免惹人怀疑，所以干脆把半边手骨也拿走，伪装成被山中动物叼走的模样。

长谷在相当于尸体下半身的地面上撒了麦种。麦子——长谷藤八把启子当成了大宜津比卖……须佐之男之所以杀死大宜津比卖，也是因为憎恨她怠慢了自己。长谷借由《古事记》里的杀人仪式，表达了对启子的憎恨。《古兰经》里也有"以牙还牙，以眼还眼"的句子，体现肉体性的憎恶。长谷异于常人的性格加上沙漠复仇精神，又加上了日本神话仪式——又或者，他那半是癫狂的脑袋，真的想看到启子的阴部长出麦子？

过了大约一个小时，利一愁眉不展地回来了。

"我去了警署，问了当时的调查员，还见到了负责验尸的顾问医师。那是位上了年纪的私人医生。"

我没有兴趣提问，一直沉默着。身体十分疲倦。

然而到了晚上，在玉造温泉的旅馆里，我忍不住对外甥说了我的推论。外甥用同情的眼神看着我。

"舅舅，河野启子小姐确实在三年前和大阪海鲜批发商的少东家离婚了，但不久后再婚，现在在冈山过得不错。"

外甥的话让我吃了一惊。

"我调查过了，绝对错不了。"

"那么，那具白骨状的碎尸，究，究竟是谁？"

"那不是女人的尸体，是男人的。"

"男人？"

"我最近才察觉到凶手为什么要把一部分尸体从现场带走，并藏起来。我也一直很后悔，为什么没早点注意到这一点……

听好了，法医学上依靠骨盆来判断白骨尸体的性别。女性的骨盆较宽，男性的较窄。另外，男性的耻骨呈锐角状，女性呈钝角状。也就是说，对于白骨状的尸体，只有看到了骨盆才能判断性别。但是，那具碎尸缺少的恰恰是骨盆。刚刚，我见到了负责验尸的顾问医师，对方说因为其他骨骼对于男性来说太过纤细，所以才认为是女性。但是，我觉得影响医生判断的大概是现场的那只女式皮鞋。皮鞋造成了某种先入之见。凶手之所以剥光尸体的衣服，拿走随身物品，就是为了让人辨别不出性别。故意留下一只女式皮鞋，也是为了造成尸体下半部分、单边手骨和另一只皮鞋一起被动物叼走的假象。凶手知道按照那里的地形，尸体就算过个两三年都不会被发现，发现时必然已经变成了白骨，所以他才留下了头部和胸部。正常情况下，就算拿掉尸体的下半身，只要看见脸和胸部也能立刻判断性别。所以，凶手相信，那具尸体在完全腐烂成液体被大地吸收前，是不会被发现的。他倒是挺有自信。"

我用沙哑的声音问道。

"那么，那具白骨，是长谷藤八吗……"

"是的。"

利一的眼睛也在向我示意。

"但是，如果那是长谷的话，有些事就解释不通了。"我忍着头痛说道。

"一周前，砂村给我看了长谷的信。砂村通过路子咨询长谷为什么《古事记》里存在大量性器官和身体器官的描写，那封信就是他的回答。长谷在信里比较了《古事记》和《古兰经》。那确实是长谷的笔迹。砂村说，信是前一天路子寄给他的。"

　　"舅舅，那封信附有长谷先生的信封吗？"

　　外甥思考片刻后问道。

　　"不，没有。砂村只给我看了信。"

　　"信的最后写了年月日吗？"

　　"没有。"

　　"信的开头是怎么写的？"

　　"因为下雨的关系，近来天气偶有回寒……是这么写的。"

　　"偶有回寒？这句话有点奇怪啊。'偶有回寒'应该是冬季或者早春使用的句子，一般不会用在十一月上旬。况且，到十一月中旬为止，全国各地的天气都很暖和。正常人不会写'偶有回寒'吧。"

　　……

　　"结尾写了些什么？"

　　"好像是……以上便是我的答复。"

　　"这也很奇怪啊。长谷先生跟砂村先生三年没见，这可是一封久违的信。一般人应该会在开头写'好久不见''别来无恙'，或者在结尾写'不日拜访府上''请您保重'之类的句子吧。况且，这还是通过路子小姐转交的信，一般也会写'通过妹妹'这样的话吧。"

……

"信纸是新的吗？"

我记得，砂村给我的信纸有一种暗沉的感觉。我以为那是因为长谷住在乡下，只能用粗糙的信纸。但是，现在被外甥这么一提醒，我第一次意识到信纸可能是旧的。

砂村知道我长久以来的疑问，所以保存了数年前长谷的回信。然后在一周前，特意把这封信拿到我家，给我看，目的就是让我以为长谷藤八还活着。说起来，那个时候，砂村确实慌慌张张地把信塞回了口袋。

砂村和路子的计划从三年前就开始了……

"长谷为什么被杀？"

我用哀伤的声音问道。

"舅舅，这似乎跟长谷先生三番两次因为无聊的盗窃罪出入看守所有关。另外，还跟一项古代的风俗有关。"

"古代的风俗？"

"近亲私通。我想那时，哥哥应该在和妹妹通奸。"

我知道自己的脸色一定变了，但这一切并非无迹可寻。长谷和路子虽然刻意住在不同的公寓，但长谷经常去路子的住处，路子也会去长谷家打扫房间、洗衣服。

"哥哥对自己的性癖无计可施，只好用进入看守所服刑的办法约束自己，不让自己去找妹妹。妹妹深受哥哥的折磨，想要逃跑，但一想到性格偏执的哥哥，又觉得无法逃脱。此时，哥哥恰好结束了第四次服刑，离开了看守所。哥哥'漫长旅行'的结束对路子小姐而言，意味着地狱生活的开始。"

　　"砂村和路子，大概在长谷出狱前好上了吧。"

　　我的脑海里浮现出砂村与路子相对而坐的画面。

　　"我也是这么想的。"

　　"入住松江 A 旅馆的，是长谷藤八和妹妹路子吗？"

　　"没错。长谷先生在登记簿上写了大学朋友的名字，然后可能告诉了妹妹。路子小姐害怕被人抓住把柄，便慌慌张张地拜托砂村先生两个月后把名字换过来。而砂村先生之所以也用了大学同学的名字，大概以为仅仅是这样还调查不到自己身上。这果然是报应。"

　　"报应？"

　　我追问道。

　　"对。那时，砂村先生受路子小姐所托，和他们一起去了松江。当然，他们没有住在同一家旅馆。所以，砂村先生前后来了两次出云。我猜想，第一次出云之行时，砂村先生从松江一路尾随兄妹二人到了汤村，最后在那片树林里杀害了长谷先生。那只女式皮鞋，大概是路子小姐的旧鞋。用来分尸的锯子和菜刀，应该放在大型男式行李箱里。长谷先生的衣物，应该被塞进两个人的行李箱里带走了。现场刚好是《出云国风土记》记载的地方，这固然有偶然的因素，但那大概也是长谷先生想去的地方。舅舅，那个，麦子的事。我觉得还是偶然，是动物或者风不经意间把麦种带到了那儿。"

我们回到东京后的一个月，砂村保平和路子在吉野山中殉情。那时，我想起了《古事记》中的一章。

"其尸有蛆满布。于其头有大雷居，于其胸有火雷居，于其腹有黑雷居，下阴者有拆雷居，于左手者居若雷，于右手者居土雷，于左足者有鸣雷居，右足者有伏雷居……"

奇怪的被告

1

案件看似十分单纯。秋天的某个夜晚，六十二岁的放贷人在家中被二十八岁的男子殴打致死。犯人逃跑时抢走了老人的手提保险箱。逃跑途中，犯人损毁保险箱，从二十二张借据中抽出五张，然后把保险箱扔在灌溉用的蓄水池中逃走。

东京西郊正在修建宅基地，那一带一半的土地还是农田。

年轻的律师原岛直已被所属律师会委任为被告的援助律师时，他对案件完全提不起兴趣，几乎想拒绝。他手上有三个案子（均是私人委托），非常忙碌，原本可以以此为理由拒绝。但律师会的事务长却对他说，这个案子实际上被律师会的其他律师接过，但对方染上了急病，不得已退出辩护。距离公审时间不多，法院也很为难，拜托他尽可能接下。随后又小声加了一句，案子很简单，随便应付一下就成。

援助律师，当然指的是国家分配给无法委托私人律师的被告人的律师（《宪法》第三十七条第三项）。《刑事诉讼法》规定，被告因经济因素或其他原因无法委托律师时，法院必须根据其申请，配备援助律师（刑诉法第三十六条）。辩护费由国家承担。

正因如此，援助律师的辩护费少得可怜，行程忙碌的律师不愿意接。律师会通常会按照顺序将法院的指派任务分配给旗下律师。当然，接不接是个人的自由。但考虑到被告人权益的人道主义公益性和《宪法》的规定，也不能完全拒绝。所以，案子自然而然就转到一些年轻律师或者不那么忙碌的律师手上。

律师与被告人对援助律师制度都是怨声载道。原因在于辩护费太低。援助律师想赚钱就必须以数量取胜，如此一来，难免顾及不了辩护的质量。被告方则认为援助律师不够热情，只会为了完成任务做表面辩护。

如此恶评之下，或许是为了"挽回形象"，最近援助律师的工作态度有所转变。

在律师看来，如果案件本身有趣，即使没有报酬或者需要自掏腰包，也会主动请缨。换句话说，这是良性的虚荣心在作祟。但如果案件本身平庸，那么潜意识总是避免不了考虑"以量取胜"。由于手上接了好几个援助案件，律师不得已在开庭前匆忙阅读诉讼记录；在法庭上第一次见过被告人，便强迫自己慷慨激昂地为之辩护。此类歪风虽然暂时得到了遏制，但只要辩护费一日不涨，便一日无法根除。

这次的案件也是如此，被告人植木寅夫因涉嫌杀害放贷人山岸甚兵卫被起诉。律师会事务长之所以对原岛直巳说"案子很简单，随便应付一下就成"，也是基于这种沉疴旧习。

原岛首先阅读了案件起诉的相关资料和搜查记录，从中获得了以下信息。

被害人山岸甚兵卫原本拥有大量土地，后将其出售给土地公司，用一部分钱在另一地区建了一栋二层别墅，用剩下的钱做起了小额金融业务。距今已有十多年。甚兵卫没有子嗣，妻子也于三年前去世，过着独居生活。

别墅的二楼租给了一对夫妇，夫妻二人都是小学教师。爱财如命的甚兵卫之所以以低廉的价格将房子租给这对夫妻，是因为看中那位小学教师柔道二段的本领。换句话说，是出于人身安全的考虑。

独居老人这么做并不奇怪。但山岸甚兵卫作为资深的放贷人一向对借贷人残酷无情。借贷人大多是新开发区的小商铺。新开发区虽然位于民营铁路沿线，但人口不算多，因此，店铺的生意并不算好。所以，自然而然会出现一些明知是高利贷，还要向山岸甚兵卫借钱的人。有些人债台高筑，最终破产。其中甚至有人拿退休金开店，最后却被甚兵卫以担保为由夺走店铺连带地皮。同一铁路沿线的其他地区，也生活着许多被甚兵卫压榨的人。

甚兵卫知道除了小偷，还有许多人对他恨之入骨。出于警戒的目的，才"雇用"了二楼那位擅长柔道的小学老师作为"保镖"。

然而，那对小学教师夫妇却接到了老家母亲病危的消息，于十月十五日回乡省亲。凶案发生在十八日。

十九日早上，甚兵卫的尸体被邻居发现。当时，入口的门敞开着（其他的防雨门全部呈关闭状态），那人因为有事找甚兵卫，就从入口进到里侧的土间，发现甚兵卫脸朝下躺在隔壁八叠①大的房间，叫他也没有反应，便通知了当地警署。

尸体的解剖结果显示，死因是后脑遭受剧烈殴打导致的脑震荡和颅内出血。后脑巴掌大的一块头盖骨整个塌陷了下去（骨骼扁平化状态）。致命伤仅是头部遭受的攻击。因甚兵卫呈向前卧倒、匍匐前行的姿态，他很可能被人从后面突然袭击，倒地后又用双手和膝盖向前爬行了一会儿，最后才断气。

根据胃部食物的消化状态，可推测死亡时间在晚饭后三小时左右。自己做饭的甚兵卫通常在六点左右吃晚饭。因此，行凶时间应该在九点到十点。这与解剖医师推测的死亡时间几乎一致。

接下来是屋内状况。房间内部几乎没有被破坏的迹象，但隔壁六叠大的房间里，甚兵卫放置手提保险箱的壁橱被打开，金属制的黑色手提保险箱不翼而飞。保险箱里放着甚兵卫从借贷人手里拿来的借据和其他文件。

褥子铺在地上，棉被掀开了一半，枕头和褥单上残留着褶皱，但却并不凌乱。这说明甚兵卫曾经睡下，却中途起身去了八叠大的房间。甚兵卫习惯晚上九点就寝（二楼小学教师夫妇的证词）。

---

① 榻榻米的量词，多以此计算房间大小。

从入口的门从里侧被打开可看出，甚兵卫是在睡梦中被人叫醒的。门原本被人用橡木制的门闩斜斜地顶住，后来门闩被取走，斜靠在旁边。能从里侧开门的除了甚兵卫别无他人，所以他一定亲自开了门。

也就是说，某人上门拜访，甚兵卫就把那人领进了家门。一个如此小心翼翼的人，居然会在睡下后特意起身，在晚上九点多将人请进家门。由此可见，甚兵卫一定认识那人，并且相当熟悉。

山岸甚兵卫没有什么桃色绯闻。年龄虽不算太老，但不知是因为性格，还是因为吝啬的关系，年轻时就对女人没什么兴趣。因此，晚上九点左右的来访者恐怕是男性。

邻居说九点左右没听到有人敲门，或是喊甚兵卫开门的声音。甚兵卫睡在里侧房间，并且刚刚入睡，想在房门外把他叫醒，必须发出相当大的声音。邻居之所以没听到，是因为叫醒他的很可能是电话铃声。甚兵卫睡在六叠大的房间里，房间角落的茶几上正好放着一台电话。

凶手先给甚兵卫打电话，跟他说过一会儿要上门拜访。所以，甚兵卫才会把外门的门闩撤掉，等他上门。由此可见，两人的关系非同一般。

手提保险箱的丢失间接锁定了凶手身份。保险箱里有甚兵卫回收的高利贷借据、支付利息后的更换凭证和期票。凶手不仅知道保险箱里放着什么东西，还知道保险箱的位置。换句话说，凶手的目的是夺走保险箱内的借据、期票等票据。警方搜查时，在佛龛下发现了十五万日元的现金。然而现场痕迹表明，凶手并没有寻找过这些现金。

到了这一步，凶手的身份呼之欲出。果然，警察在案发两天后，就迅速逮捕了植木寅夫。那是因为负责走访的调查员曾听中村家的男主人说过，当天晚上九点左右，他在厕所解手时，透过窗户看见一个男人急匆匆地往甚兵卫家走去，那个男人的身影很像车站附近中华荞麦面店的老板。

植木寅夫在民营铁路沿线的 R 车站开中华荞麦面店。他三年前在这里开店，却在第一年的时候购入少量相邻的土地，进行了店铺改造。改造的原因并非因为生意兴隆，而是因为同行在附近开了店，出于一种竞争心态。植木原本期待整洁宽敞的店面能吸引更多客人，结果却事与愿违，客人反而比以前还少。人们似乎更愿意光顾原先狭小的店铺。为了购买土地和扩张店面，他向山岸甚兵卫借了高利贷。

被商业判断失误和高额利息逼入绝境的植木寅夫日渐消瘦。尽管如此，只要再坚持一段时间，附近的住宅便会增加，车站的人流也会多起来。不管怎么说，店铺都位于车站的黄金地段。他一边安慰自己一边咬牙坚持。然而，高额利息带来的压力却超出了预期，让他没有余力期待未来。他从十八岁到二十五岁一直在东京都内的旧书店工作，却涉足了自己并不擅长的领域。

与山岸甚兵卫结下孽缘的植木寅夫两年来都活在痛苦之中。

甚兵卫的催收十分严苛，不容半点拖欠。他记不清自己重写了多少次借据。时至今日，利息已滚成本金的四倍，欠债金额变成了七百五十万日元。山岸甚兵卫认为植木寅夫已经没有偿还能力，便提出要回收植木名下全部土地和店铺，用以抵销债务。两人因为这事起了冲突。人们都说，植木憎恨甚兵卫，迟早会打死那个老头儿。

2

许多人都和植木寅夫一样憎恨着山岸甚兵卫。单从这点看，许多人都有犯罪动机。但这些人成为嫌疑对象之前，还需要满足以下条件。

当晚九点至十点没有不在场证明、与被害者认识、知道租住在二楼的小学老师回乡省亲、对被害者家中布局了如指掌，考虑到被害者后脑部受到的攻击，还必须具备一定体力。

现场没有发现能够锁定凶手的指纹。除了甚兵卫的指纹外，还存在大量其他指纹，但都不够清晰。唯一清晰的指纹属于租住在二楼的小学教师夫妇，但他们夫妻远在九州乡下，具备充分的不在场证明。许多人因为借贷事务拜访过甚兵卫，不清晰的指纹应该属于这些人。所有的指纹都很陈旧。

凶手没有留下凶器或其他物品，也没有可疑的鞋印。土间的地板是混凝土的，所以很难留下鞋印。凶器有可能是支撑外门的门闩，但门闩太细，与整块头盖骨塌陷下去的伤口不相吻合。门闩上也只发现了甚兵卫的指纹。

甚兵卫的伤口没有出血。头上几乎没有头发，是个光头。所以凶器上应该没有沾染血迹或者毛发。

后院的屋檐下堆放着用作柴火的松木。这一带没有引进天然气，家家户户都用液化气。甚兵卫则出于务农时的习惯，喜欢用柴火烧灶。木柴大体呈三角形，单边直径四厘米左右。如果用这种木柴连续击打头部，很可能造成扁平塌陷的伤口。

那堆柴火共有三十多根，调查员检测了上层的十几根，但由于木头肌理十分粗糙，很难采集到指纹。并且，木头上也没有发现血迹或者毛发。

原岛姑丑将尸体状况和现场情况收入脑中，转而看起了已被逮捕的植木寅夫的供述概要。

"自从两年前，我向山岸甚兵卫借了高利贷之后，就一直饱受他的折磨。最近，他提出要拍卖我抵押的土地和房子。这些地和房子是我用自己存下的第一笔钱买来开中华荞麦面店的。中途，我向甚兵卫借钱扩张了门面，生意却没有想象中那么好，再加上甚兵卫时时刻刻的逼迫，让我变得自暴自弃起来。再这样下去，我只有带着妻儿自杀这一条路可走了。但在死之前，我打算杀了可恶的甚兵卫。为了帮助那些和我一样忍受痛苦的人，这也算是替天行道。

"十月十八日晚上七点开始，我和朋友中田、前田、西川在离车站两百米左右的'万牌庄'打麻将。那个时候店里没什么生意，所以我通常会把店交给妻子，从傍晚开始打麻将。和朋友打了两圈半庄①后，我发现经常来'万牌庄'的柴田正站在

---

① 日本麻将的打法。

一旁看我们玩儿，脸上一副跃跃欲试的表情，就对他说：'我有点事要回家一趟，你替我一会儿吧。'柴田高兴地答应了。我离开'万牌庄'时大约九点。

"我没有回家，而是去了车站前的公共电话亭，给甚兵卫打电话。过了一会儿，电话里传来他的声音，我就说：'关于抵押的事，刚好手头攒了两百万日元，现在就给你拿过去，希望可以暂缓拍卖。另外，我还想谈谈今后的事，想跟你见一面。'甚兵卫开始说：'我刚睡下，有什么事明天再说。'后来，他可能也想早点见到钞票吧，就改口说：'那快点过来，我等你。'

"从车站到甚兵卫家要走一公里左右。那条路非常偏僻，离开居民区后，中途是水田和旱田，还有两个灌溉用的蓄水池，我一个人也没有碰到。甚兵卫的房子在一处居民区里，那里有十二三户住家，但因为远离马路，所以我也没想到会被人从厕所的窗户看见。那个叫中村的，平时会来店里吃荞麦面。

"跟电话里说的一样，甚兵卫把外门打开，正在等我。我知道住在二楼的小学教师夫妇早在三四天前就回了九州。那位老师也经常来店里吃中华荞麦面，我听他提起过这事。

"我先绕到甚兵卫家的后门，从屋檐下堆积成山的柴火里抽了一根称手的，然后抬头看了眼二楼。二楼的防雨门紧闭，透过门缝看不见灯光。看来，那对教师夫妻的确回九州去了。

"我回到正门，从打开的外门走到土间，说了声'晚上好'，甚兵卫就从里面出来了。那时，我把握着柴火的右手藏在了腰后。

甚兵卫正在等我，所以一开始就打开了八叠大房间的电灯。

　　"甚兵卫坐在房间里盯着我的脸，说道：'你可真让我好等。'但也许是以为我身上带着钱，他的心情并不坏，又微笑着催我快进来。我没有进去，站在土间拖延时间：'打扰您休息了，刚好筹了两百万日元拿过来。放在家里怕贼惦记。'甚兵卫说：'先进来吧。'从房间角落拿出了两个坐垫。我的右手还攥着柴火，心里暗暗叫苦，但还是把柴火藏在身后进去了。坐下时，迅速把它放在了背后。我担心柴火被发现，想赶紧切入正题。'我带钱了，给我写张收据吧。'边说边从口袋拿出事先用报纸包好的钞票形状的包裹。甚兵卫说：'既然如此，我去拿写收据的纸。'然后起身，往隔壁六叠大的房间走去。我想现在就是最好的时机，便站起身，抓着柴火朝他光秃秃的后脑勺狠狠地打了一下。甚兵卫发出一声凄厉的惨叫，向前倒下。我又用柴火给他后脑勺来了三下，他就趴在地上一动不动了。我想把现场布置成强盗入室抢劫的样子，便把两个坐垫放回了墙角原先的位置。

　　"然后，我去六叠大的房间找手提保险箱。那东西放在壁橱里，壁橱的拉门已被打开。我一想到折磨自己的借据放在里面，就恨不得立刻把它撕碎扔掉。我尝试打开保险箱，却不知道密码，于是决定带着它逃跑。我跑出门外，绕回后院，把柴火放回那堆木柴上。由于天色太暗，我也不知道具体放在哪个位置。这一连串行动花了大约三十分钟。

　　"我抱着保险箱钻进路边的草丛里，想把它打开，但解不开密码锁，于是从附近找了块大石头，对着密码锁砸了下去。锁坏了，保险箱的盖子也开了。我开始找里面的借据。借着淡淡的月光，我看见了'植木寅夫'几个字，便把它拿了出来。我想顺便帮帮其他人，就又随手抓了五六张借据放进口袋。然后盖上坏掉的保险箱，把它扔进了右边的蓄水池。离那儿一百米左右的地方有一家保险公司，我走到保险公司的后广场，掏出火柴，把口袋里的借据付之一炬，又用鞋子把灰烬踢开。

"后来，沾满泥水的保险箱被人发现。从警察那里听说我的借据也在那堆湿透的借据里时，我很惊讶。警察说，甚兵卫的账簿里有一笔钱借给了一个叫猪木重夫的人，但保险箱里却没有他的借据。所以，或许是我在昏暗的月光下，把'猪木重夫'误认成'植木寅夫'了。那时我太亢奋，这种可能性也不是没有。

"处理完一切后，我回到'万牌庄'。四个朋友还在打麻将，我看了大概十分钟，最后中田一个人赢了。这把后，柴田就不玩了。我上台打了一桩。谁也不知道我杀了人，就连我自己也觉得自己冷静得可怕。大概是因为甚兵卫太该死了，杀了他我也没有产生多少负罪感。

"那晚睡得很好。借据已经烧了，甚兵卫也没有子嗣。想到债务就此一笔勾销，我反而高兴了起来，心情十分舒畅。

"第二天，大家都知道放高利贷的山岸甚兵卫被杀了，附近议论纷纷，但却没有一个人同情他，私下都在骂甚兵卫'活该''遭报应'。我听后放心了不少。

"两天后的白天，我在店里看电视，来了两个警察，说想了解点情况。让我去搜查本部一趟。我平静地答应了，私下却做好了心理准备，这次恐怕瞒不住了。杀害山岸甚兵卫或许不是什么光彩的事，但一想到他的所作所为，我就决定只要警察询问，便一五一十地坦白。但在被警察发现之前，我还是动过尽可能掩饰自己罪行的念头。"

单看案件经过，真的非常简单。这样无聊的案子，无论是私人委托还是政府指派，恐怕都无法激起律师的兴趣。原岛想，最多争取一下酌情减刑吧。

原岛继续看被告的供述书，却发现被告在被检察官询问期间，推翻了之前的供述，包括对警察和最初对检察官的部分供述。他主张，自己与山岸甚兵卫被杀案毫无关系，之所以认罪，完全是由于警方的威逼利诱和精神性拷问。这让原岛颇感意外。

不过，这也是常有的事。特别是犯下杀人重罪的被告，为了求得一线生机，经常会耍这样的手段。

原岛读完被告的自供，第一印象便认为植木寅夫绝不冤枉。这份自供没有强迫的感觉，甚至让人觉得犯罪嫌疑人在主动坦白。另外，警方写的实地勘验报告也与自供完全一致，很难相信，这是在警方强迫下进行的自供。

但是，植木寅夫在面对检察官时，又说了如下证词。

3

"十月十八日晚上七点开始，我一直在'万牌庄'和中田、前田、西川打麻将。打完两圈半庄后约莫九点钟，柴田替了我一会儿。这和之前说的一样。我用车站附近的公共电话给山岸甚兵卫打电话，跟他说接下来找他谈抵押物的处理问题，他答应会起床等我。所以我就离开电话亭往他家走。这些都是真的。但是，接下来发生的事和我之前在警局说的不一样。

"我从来没在电话里对甚兵卫说筹到了两百万日元，要给他送去。我根本不可能筹到两百万日元。警察却一直缠着我，说：'你要是不说钱的事，是不可能让睡下的甚兵卫起床等你的。他一定会说，有事儿明天再谈。一定是你骗他会带两百万日元过去，才让他心甘情愿开门等你。然后，你就把伪装成两百万日元模样的东西塞到口袋里，去见山岸了吧。'原来如此，依照甚兵卫无利不起早的性格，没钱的话是万万不会等我的。我意识到这是旁人的正常想法，便顺着警官的话答道：'对，您说得没错。'

"我在电话里对甚兵卫说的是：'抵押物的处理先缓一缓吧。土地和店铺被回收的话，我们一家老小就没法生活了。请你体谅这一点。另外，我想到了一个解决办法。现在可以过去找你商量吗？'甚兵卫回我：'拍卖抵押物并非我的本意，看你实在还不上钱了，没办法才这么说的。你要是有什么好法子就说说看。我把外门打开，你过来吧。'

"接着，我就走到了甚兵卫家附近。但我其实并没有想到什么良策，只是因为太担心土地和店铺被收走，打算尽可能地拖延时间。但一想到倘若见到甚兵卫却说不出个所以然，反而会让他更加生气，就不敢进他家门了。我在那附近徘徊了三十来分钟，最后还是决定打道回府。

"现在回去，麻将必然还没散场。以我现在的心情，也实在没有看别人打牌的兴致。所以就走到保险公司的后广场，在附近一边溜达一边思考。那是条乡间小道，又是在晚上，所以没碰到什么人。

"前后花了一个小时左右，我回到了'万牌庄'。因为四个人打的是半庄，所以才打了一半。柴田不玩后，我就加入了。毕竟我没有杀人，所以其他四个人说我神情淡定也是正常的。妻子之所以说我那天晚上睡得好，也是因为我没做什么亏心事。身体累了自然睡得沉。

"我说的全是真话。下面我会解释为什么在警局时说了假话。

"我最初对警察说不是我干的。但警察却一个接一个地进入审讯室，对我说：'快招吧。你怎么狡辩都没用，已经找到证据了。我们在两个蓄水池中的一个里，发现了被你偷走的手提保险箱。密码锁被砸坏了，箱子里有二十二张湿透的借据。你那张七百五十万日元的借条也在里面。然而，我们和甚兵卫的记账簿比对后发现，少了五张借据。其中应该有一个叫'猪木重夫'的。之所以你的借据留在箱子里，而猪木的却被拿走，是因为那时天色太暗，你把'猪木重夫'误认成了'植木寅夫'。毕竟两者的写法十分相像。'

"警察又问：'你认识那附近一个叫中村是也的人吗？'我答：'那人是店里的常客，经常来吃中华荞麦面。''那么，对方也知道你的长相？''应该很清楚。'听我这么答，警察立刻露出一种胜利者的表情，耐心地劝我：'中村是也在那晚九点五分左右，从厕所的窗户看见你急匆匆地往山岸甚兵卫家走。你大概没注意到吧。中村清楚地目击到你的样子，并且做了证。你死心吧，别再狡辩了。我们有手提保险箱这个物证，又有无懈可击的证词。警方也单独调查了你的杀人动机，觉得情有可原，值得同情。像个男人一样坦白吧。那样的话，我们会向检察官求情，让你免于起诉。你也能早点从这儿出去，和老婆孩子团聚，踏踏实实做生意。'

"我想，既然有人看见我往甚兵卫家走去，那么无论我怎样辩解警察也不会相信。况且，对方也承诺只要按他们的意思招供就能免于起诉，那就照办吧。于是说：'是我干的。'

"警察们喜上眉梢，又是给我递烟，又是请我吃炸虾盖饭。

之后，我按照警察的意思供述了犯罪经过。甚兵卫家的手绘图，也是在警察的引导下画的。

"首先是凶器，我不知道该写什么好。警察说：'你看，不是有种东西用作煮饭的燃料嘛。'我说：'我用煤打了甚兵卫。'警察说：'笨蛋，那玩意儿能打死人吗？是长的，从山上砍下来的，大概那么长。'边说边用双手比画长度。啊，我意识到他说的是松树砍成的柴火，就说：'是柴火吗？''对，你用柴火给山岸光秃秃的脑袋来了一下。'他又问，'你把柴火放哪儿了？'

"我不太清楚柴火的位置，说：'厨房的角落。'警察恼了，说：'不是那个位置。是能淋到雨的地方。雨水滴答、滴答落下来的地方。'他说'滴答、滴答'的时候带着音调，像是在唱歌。我说：'后院的屋檐下。'警察笑着说：'答得好。'

"然而，审讯记录和供述书却不会写这些。上面写的是：'我事先知道甚兵卫家后院的屋檐下堆着松木柴火，就先去了后院，挑了根称手的柴火握在右手。绕回正门，发现门开着，说了声晚上好就进去了。'这么一写，给人的感觉完全不一样，但意思又差不离，所以我才会在自白书的最后写：'已听取上述速记内容，与事实相符，特签字按印。'

"作为凶器处理的'称手的柴火'也是如此，警察把我带到甚兵卫家后院的屋檐下，给我看堆积如山的柴火。问：'你用的是哪根？'我实际上没有杀人，正为难的时候，他从顺数第二层的位置抽出一根说：'是不是这根啊，你好好想想。'从大小来看，警察似乎早就盯上这根柴火了。我说：'应该是吧。'于是它就变成了'凶器'。可那上面却没有血迹和毛发，当我提出这一点时，警察说：'幸亏被害人伤口没有出血，又是个秃瓢。要是有外出血，就得从别处找相同血型的血，涂在这根柴火上了。'那副洋洋自得的模样，简直当我不存在。我说：'上面也没有我的指纹。'警察说：'柴火的纹理粗糙，本来就不容易沾上指纹。'然后拿包袱皮一裹，那根柴火就变成了'物证'。

"接着，警察问：'你和山岸坐在哪个位置，在哪儿打他的？'我被逼得没办法，说：'我把柴火藏在右手里，对走到外间的甚兵卫说带了两百万日元过来，甚兵卫背对着我，让我进来。我脱了鞋，追上甚兵卫，抄起柴火，冷不防给他后脑勺来了一下。'

警察说：'这不可能。招待客人时，甚兵卫一定会拿出坐垫让你坐下。你说要给他两百万日元，他一定会去隔壁房间拿收据，你就是趁这个时候从背后攻击了他。明明来了客人，他不可能不拿出坐垫。然而现场却没发现坐垫，一定是你行凶后不想让别人看出这是访客所为，才把坐垫放回了原先的墙角。'我觉得烦透了，就说：'您说得对。'警察说：'你不能说我说得对，你得把刚才的经过按顺序说一遍。'我就磕磕巴巴地复述了一遍。接下来，警察问：'你打了多少下？'我说：'一下。''怎么可能一下，一下能把人打死吗？到底多少下？'

我说：'不太记得了，大概六七下吧。'警察的脸沉了下去，'六七下太多了，打这么多下血一定会喷出来。应该是三下左右，因为你记不清了，就算三下吧。打了三下啊。'语气就像在教小孩儿说话。然后又一个人念念有词：'用柴火打三下的话，应该会出现尸检报告上的伤口。'

"最后是手提保险箱。我按照警察的吩咐，说了我是怎么从六叠半房间的壁橱里把它拿走，又是怎么在路上用石头把它砸坏，从里面拿出借据。把'猪木重夫'误认为'植木寅夫'也是警察教我说的。

"我一开始说，把保险箱扔在了左边靠近车站方向的蓄水池，警察说：'不对，你再好好想想。'因为那地方只有两个蓄水池，我便更正道：'那就是右边的池子。'

"那个保险箱上如果有真凶的指纹，就能还我清白。可惜，调查员说箱子被发现时沾满了泥水，无法收集指纹。然而，根据那份在警察诱导下写出的自白书，让箱子沾满泥水也是我计划的一部分。

"那些据说是在保险公司广场草丛发现的灰烬，我也是不可能知道的。可能是警察烧了别的相似的纸，造出来的'证据'吧。纸张已化成灰烬，也无法从上面看出印刷文字或手写文字。

"总之，我被警察的话蒙骗了，他们说：'只要认罪立马放你回家，也会向检察官求情，让你免于起诉。我们十分同情你的遭遇，想尽可能地帮你。'我一心想早日回家，所以才会中了警察的圈套。

　　"正因如此，我很早就离开了警方的拘留所，被关到看守所。警察用可怕的表情对我说：'在检察官面前，你也要重复一遍对我们说过的话。如果有一点差错，别说免于起诉了，我们一定会把你再弄进警察局，好好招呼你。'又威胁我，'你要是敢在法庭上翻供，我们一定会使出吃奶的力气让你判死刑，在这一点上，我们可是很执着的。'

　　"我害怕被打击报复，所以才在检察官调查的初期，复述了一遍在警局做的假口供。现在，我知道让我早点回家、向检察官求情都是警察的谎言，所以才下定决心说出真相。"

4

　原岛读了植木寅夫的新证词，觉得被警察逼供的过程多少有夸张的成分，但却未必不是真的。他读完第一份自白书时，觉得极其自然，丝毫没有不合理的地方，但读完第二份自供，却也觉得颇为合情合理。当时，警局内部确实还残留着类似的不良风评。真相如何尚不明确，但律师的心却逐渐偏向了新证词。

　《宪法》（第三十八条）规定，经强迫、拷问、威胁获得的证词，或在不当的长期滞留、拘禁后获得的证词，无法作为证据。通过欺诈性审讯（比如共犯明明没有招供，却欺骗嫌疑人已经招供）、利益诱导获得的证词缺乏任意性，不能作为认定犯罪事实的唯一证据。

　然而多数情况下，被告主张自身无罪的理由，就是在警局做出的非任意性自供。因此，与自供相互证伪的补充证据就成了犯罪认定的重要因素。补充证据包括物证和第三者证词。按照性质，可划分为直接证据、间接证据。间接证据又叫情况证据。

　植木寅夫的案子里，他向山岸甚兵卫借了高利贷后无法还贷，用来抵押的土地和房产也即将被回收，这些都是不可争辩的事实。这些间接证据证明了他具备杀人动机。从犯罪时间上来看，植木寅夫没有不在场证明，他九点左右离开"万牌庄"，回来时不到十点。这一点，打麻将的中田、前田、西川、柴田，还有"万牌庄"的老板、工作人员都可以证明。这也是情况证据，或者说间接证据。

植木离开"万牌庄"后不久，中村是也通过自家厕所的窗户看见了他的身影。但是，中村并没有看见植木走进山岸甚兵卫家将其杀害，只是说看见植木往甚兵卫家的方向走去。这份证词也是间接证据，并非直接证据。

说到物证，就是柴火和蓄水池里捞出的手提保险箱。调查员在现场勘验时发现甚兵卫的手提保险箱不翼而飞，于是抽干附近蓄水池的水，找到了保险箱。但柴火和手提保险箱上都没有检测出植木的指纹。前文也提过柴火上无法提取指纹的原因，警方的调查记录如下：

问：你用什么东西击打山岸甚兵卫的后脑？

答：松木劈成的柴火。就是放进"灶"里烧的木柴。

问：长度是多少？

答：三十厘米左右。

问：从哪儿拿的柴火？

答：山岸家后门的屋檐下堆着木柴。我早就计划着要用这些木柴杀死山岸。

问：所以，你老早就知道那地方堆着柴火？

答：是的。

问：行凶后，你怎么处理柴火的？

答：放回原来的位置了。

问：那么，如果回到后院堆放柴火的地方，你还认得出是哪一根吗？

答：如果有人把它烧了，或者移动到了别的地方，我应该看得出来。

问：第二天接到报警时，警方立刻保护了现场。所以应该还在原来的地方。

答：那么，去了现场应该能认出来。

完全看不出植木在二次供述中提到的联想游戏式的诱导审讯。

警方带嫌犯现场指认时的记录如下：

"嫌犯走到山岸甚兵卫后院东侧，看见屋檐下堆放的三十五根松木柴火，立刻指着顺数第二层的一根木柴说：'就是它，就是用它打的。'

"调查员用戴手套的手取出嫌犯指认的木柴，将其放到同样戴着手套的嫌犯右手上。嫌犯将其握在手里两三次，又尝试挥舞了五六下。

"'就是这根柴火，错不了。长官，这是我用过的东西，凭手感我就知道。'

"嫌犯说完，又向调查员展示柴火侧面松树皮上的节疤。说：'我记得这块节疤的形状，我把柴火拿在手里时见过。'

"又提议道：'长官，这根柴火上应该沾着我的指纹，请好好查查。那时，我用力握着它好长时间，右手的指纹一定留在了上面。'

"嫌犯的态度极其配合。"

植木寅夫在调查时表现出非常配合的样子。看上去甚至像在讨好警方。

原岛抽时间去了趟警察署，见了搜查科的系长，第一次看到了初期调查记录等资料。自从警方得到了中村是也的证词之后，调查重心基本集中在植木寅夫一个人身上。植木被逮捕后很快认罪，所以警方也乐得轻松，立马把嫌犯移交给了检察院。

"律师先生，听说被告翻供了，真不知道他是怎么想的。"

系长知道原岛是植木的援助律师，所以刻意注意了言辞，但言语间却掩饰不住对植木的愤怒。

"警方绝对没有逼供。当然，也绝没有说过只要认罪就早点放你回家，只要认罪就向检察官求情免于起诉，或者翻供的话就会使出吃奶的力气送你上断头台那样的蠢话。植木一被逮捕，立刻滔滔不绝地坦白了杀人经过。他一边麻利地画山岸家的简图，一边跟我们说自己是怎么进到山岸家同他搭话的，又是怎么把他杀死的。那根用来杀人的柴火，就跟现场调查记录写的一样，也是他本人指认的。他确认了手感，握在手里挥舞了五六下，说错不了，就是它。还跟我们说记得节疤的形状，要我们查查指纹。有些事儿我们根本没问，他也献殷勤似的说了。

如果不是真凶，怎么可能说出和现场情况如此一致的证词？"

系长用了"献殷勤"这个词。有些嫌犯为了获得良好待遇，或者早日被送到看守所，会有计划地迎合参与审讯的警察。之后再翻供，反咬一口，说自己之所以认罪，完全是由于警察的逼供。植木寅夫也是如此吗？

或者，假设植木态度迎合——表面上看确实如此——会不会跟他二次供述中说的一样，是因为相信了警方"早日放你回家""让你免于起诉"等利益诱导性言辞，为了给警察留下好印象，才极力表现出一副"献殷勤"的样子呢？

公审日期已迫在眉睫，原岛在处理其他诉讼的间隙抽空去了趟看守所，探视植木寅夫。

植木寅夫个子很高，身材瘦弱，长着一张女人一样柔和白皙的脸。眉毛和眼角微微下垂，嘴唇单薄，额头狭窄。他前来迎接援助律师，对为自己提供免费劳动（"当被告人因经济问题无负担能力时"《刑事诉讼法》第一百八十一条第一项、第五百条）的原岛表达了感谢和尊敬。

原岛觉得，这样一个长相温柔的男人实在不像穷凶极恶的杀人犯，却又隐隐感到那张女人一样的脸下藏着某种残忍与狡猾。原岛见过的被告虽然有数百人，可还没厉害到单凭长相就能判断对方诚实与否。

"我既然接了你的案子，你就必须以客观的态度告诉我一切。否则，我无法正确地为你辩护。"

会见室里，原岛叮嘱道。

"你的第二次供述，说在警察面前的自供都是假的，没错吧？"

"没错。那是在警察诱骗下做的自供。"

笔直站着的植木寅夫用铿锵有力的声音答道。

"警方诱导审讯的经过和你二次供述里说的一样？"

"对，一模一样。"

"警察说，你很配合地说了所有犯罪经过。那根作为证物的柴火，也是你主动向调查员展示的。"

"不对。跟我二次供述说的一样，那都是审讯时警察教我说的。"

"你在法庭上也能这么说吗？"

"当然。"

"那么，我们就按照这个方向思考一下辩护策略。"

"律师先生。"植木寅夫郑重其事地说道。

"我有被警方逼供的证据。"

"证据？"

"对。"

5

植木寅夫的脸上堆满了微笑。

"这是我昨天晚上睡觉时想到的，所以还没有告诉检察官。一定是神知道您要做我的律师，所以才让我想起来。"

"什么证据，说来听听。"

"在说我用柴火打死甚兵卫的时候，我听说甚兵卫死在八叠大的房间里，身子朝着隔壁房间，匍匐倒地。于是就自己想象了犯罪经过，说甚兵卫看见我后，闲聊了两三句，让我快进来，我趁他背对我时敲扁了他的脑袋。警察却喋喋不休地说，这不可能，你应该坐了山岸拿出的坐垫吧。行凶后，为了混淆视线，你把坐垫放回原处，把现场布置成强盗入室抢劫的模样。我觉得厌烦，就顺着他说了。但是山岸甚兵卫这个人，绝不会给向他借钱的人拿坐垫。我自己就体验过好几次，其他人应该也是这样。您可以问问其他人。"

"那么，房间角落堆着的坐垫，是给哪些客人准备的呢？"

"那就是个摆设。一旦拿出坐垫，客人就会没完没了地聊下去，所以甚兵卫绝不会给借钱的人拿坐垫。他会尽可能控制时间，好把自己的条件强加于人。聊得时间长了，难免会同情对方。所以，那些坐垫，大概是为与金钱无关的客人准备的吧。甚兵卫的这个习惯，警察是不知道的。"

"然后呢，还有吗？"

"手提保险箱，我不知道从哪儿发现的。警察说是水里，所以我就想到了蓄水池，一开始说是左侧的蓄水池。警察说，蠢货，反了。我才改口说是右边的蓄水池。这些情况我也在给检察官的二次供述中说明了。手提保险箱里还留着我的借据，这难道不是证明我清白最有力的证据吗？警察却说，因为'猪木重夫'和'植木寅夫'过于相似，是我在昏暗的光线下把两者弄错了。一个为了拿回借据不惜杀人的人，会连名字都不确认一下吗？警察说因为光线昏暗，可剩下的五张借据却被焚烧在了后广场。说明我当时带着火柴。明明带着火柴却没有擦亮火柴确认一下借据的名字，这正常吗？况且，保险箱上也没有我的指纹。"

"还有吗？"

"还有一个重要情况。律师先生，用来行凶的那根木柴，它的大小是否跟甚兵卫后脑部的伤口一致？"

"说下去。"

"我读了验尸报告的复印件，后脑巴掌大的骨骼呈扁平状。换句话说，后脑巴掌大的一块骨骼整个塌陷了下去。我在警方诱导下挑出的木柴大体呈三角形，单边直径四厘米左右。我不认为用它击打三次甚兵卫的后脑勺，会出现巴掌大的骨骼塌陷。用直径四厘米的木头击打三次的话，那种大小的伤口应该是凹凸不平的。所以，我想凶器会不会是更大的东西，并且只打了一下。我的见解可能外行，能否劳烦您调查一下呢？"

植木寅夫用温顺的语调说道。

原岛在回程的出租车上反复思考植木的话。想着想着，他察觉到其中包含着十分重大的意义，不由得亢奋起来。

他回到事务所，重新读了一遍诉讼记录。意识到自己看问题的眼光已经和从前不一样了。他从前并不相信只要视点改变，印象也会随之改变。现在却不得不信。

警察确实一开始就把嫌疑锁定在了植木寅夫身上，几乎没有对其他人展开调查。植木被逮捕后马上招供，警方或许因此松懈，并没有下功夫夯实证据。警察们得意忘形，结果在初期调查时偷工减料，留下了破绽。

原岛东奔西跑，询问了十几个向山岸甚兵卫借过钱的人。没有一个看讫甚兵卫拿出坐垫，招呼人坐下的。那对租住在二楼的小学教师夫妇说，甚兵卫只会招呼那些与他没有利益纠葛的访客坐在坐垫上。对待这样的客人，甚兵卫会极有耐心地和他们聊天，一副宾主尽欢的景象。因此，原岛也想方设法联系到这些人。一切都跟植木说的一样。

如此一来，或许跟植木主张的一样，警察依据常识，认为甚兵卫会拿出坐垫招待前来借钱还钱的客人。同时又认为，凶手为了将现场伪造成入室抢劫的模样，将坐垫放回了原处。他们将两种猜测结合起来判断，强迫嫌犯按照这个逻辑做了自供。

原岛拿着解剖医师给出的尸检报告，咨询了相熟的法医学者。法医学者说，根据尸检报告上的记载，能造成手掌大小扁平化创口的凶器，直径至少在八厘米上下，并且应该只攻击了一下。警察为什么没注意到这点呢？真让人不可思议。法医学者对此百思不得其解。

不过，比起我们的鉴定，警察更相信自己的第六感和作为警察的经验性直觉。他们甚至公开表态，说科学鉴定只能作为参考。这位长期被一线刑警轻视的学者不由得苦笑起来。

想来，参与搜查的刑警第一眼便看到了甚兵卫后院的柴火，又没有找到其他合适的"凶器"，所以就先入为主，随随便便挑了一根直径四厘米的柴火。凶器指认是在植木寅夫认罪后不久进行的，所以调查员可能觉得胜券在握了吧。警方曾经调查过一个重要案件，凶手在现场遗留下了众多物品，警察被喜悦冲昏了头脑，致使初期调查做得十分粗糙，结果反而将调查送进了死胡同。世上最漏洞百出、最具偏见性的，莫过于警察自以为是的经验性直觉。

"警察基于（这样的）某种偏见，无视足以洗清嫌疑的事实，使用不当手段向嫌犯逼供的事例多不胜数。经验丰富的法官必定知晓一二。此外，阐述犯罪关系的文章中，也经常引用此类事实。例如，豪斯纳曾经说过，部分警察因为嫌犯过于慌乱而无视证明其无罪的证据。罗辛也说过，警方手上的许多自供都不足为信，这一点已成定论。"（司法研修所与"事实认定"相关的教材）

原岛产生了强烈的辩护意愿。遇到这样的案子，也许是老天看在他出任援助律师的分儿上给予的奖赏。在法庭上，他要求法医学者作为"二次鉴定"的证人出庭。并向法庭申请，要求与山岸甚兵卫有过交际的人作为新证人出庭。

原岛在法庭上质询四名审讯过植木的警察。四人都说植木的自供是其本人意志的体现，审讯期间无任何强迫行为。

——你对嫌犯说过"警察知道是你杀了山岸，再怎么狡辩也没用。老老实实认罪的话，就让你早点回家，同时向检察官求情，让你免于起诉。"这样的话吗？

证人A——没说过。

——是否为了使嫌犯认罪，允许他在审讯室自由地抽烟。认罪后，又请他吃了三次炸虾盖饭？

证人B——在审讯室给嫌犯递一两根烟是正常的，但还没到允许自由吸烟的地步。炸虾盖饭也只给过一次。

——你明示或者暗示过嫌犯，让他承认是自己将对谈时的坐垫放回墙角的吗？

证人C——那是嫌犯基于其本人意志，主动承认的。

——是否向嫌犯暗示过凶器是木柴，并将其带至被害人后院屋檐下，让其从中挑选出凶器（一号证据），诱导其承认使用该凶器三次击打被害人后脑部？

证人D——绝对没有，全是嫌犯主动承认的。木柴也是嫌犯自己指认的。他对我们说："就是这根。"为了试手感，还把木柴拿在手里挥动了几下。他非常积极地向我们展示凶器，并说："就是这个错不了。"

植木寅夫在同四名证人对质时，表现得异常愤怒。

"你们那时确实说了那样的话。身为警察居然大言不惭地说谎，你们不觉得羞愧吗？为了立功，就可以陷害无罪之人，就可以肆无忌惮地说假话吗？你们的良心，不会觉得不安吗？"

植木寅夫咄咄逼人，参与审讯的四名警察难于招架，唯有一个劲儿地否认。

公审开始后三个月，法庭下达了判决结果。法官以证据不足为由判定植木寅夫无罪。判决要点如下：

①本庭对放置于庭内的松木进行实测后，发现其最大直径约为四厘米。根据证人G（解剖医师）书写的鉴定报告及其证词，被害者头部骨骼呈扁平状伤口，造成该伤口的凶器至少与手掌一般大小，即直径必然在八厘米乃至九厘米左右（鉴定人S为某大学教授，与其意见相同）。因此，本庭认为该证物松木非本案凶器。

②证物松木及被告自供中提及的从山岸甚兵卫处偷窃后遗弃至蓄水池的手提保险箱中，均未发现被告指纹。

③根据被告自供，手提保险箱里存有二十九张借据，被告从中取出五张，携至距离蓄水池约两百米的N人寿保险公司专用广场后的草丛，用火柴烧毁。然而，司法警员从位于道路南侧的蓄水池中发现的手提保险箱里，残存着以被告"植木寅夫"的名义写下的借据。对照被害人山岸甚兵卫持有的账簿后，可推测拿走的五张借据里，其中一张属于"猪木重夫"。针对该

事实，检察官及参与搜查的司法警员认为，由于当晚光线昏暗，"植木寅夫"又与"猪木重夫"字体酷似，导致被告将两者混淆。

该推论虽有合理之处，但另一方面，如辩护人所说，假设被告为本案真凶，夺回其本人的借据应为犯罪目的之一，因而会更加谨慎地检查借据。本庭认为该主张亦具备说服力。

④本庭查阅被告针对司法警员的各项供述记录、辩解记录后，未发现参与审讯的司法警员存在逼供、长期拘留等强制性行为，但却留有通过诱骗，对被告进行利益诱导式询问的印象。被告于×月×日、×月×日对检察官所做的第一、第二、第三次供述记录及在本庭上对法官的陈述中均强调了这一点。但另一方面，现有证据亦不足以形成本案非被告所为之心证。尤其被告在案件发生当晚，曾离开"万牌庄"一个小时，该事实决定其行动证明缺乏客观性。疑点在于中村是也作证，曾通过自家厕所目睹被告前往被害者家中。即，被告最初对司法警员所做自供之真实性，亦存在不得不被认可之处。

⑤然而，综合以上考虑。本庭认为，放置于庭内、足以证明被告为案件真凶的松木已被证实与案件无关，且除被告自供外，无其他任何足以证明其罪行的证据，其自供中零星存在的疑点亦无法被解释。从结论而言，被告为本案真凶这一推论缺乏合理依据。即，因本诉讼事实犯罪证据不足，本庭依据《刑事诉讼法》第三百三十六条规定，宣判被告无罪……

6

自那之后，约莫过了一年。

只要晚上有空，原岛就会阅读与法律相关的书籍。某天晚上，他漫不经心地读着英国法官詹姆斯·欣德的《无罪判决事例研究》，其中一篇文章却撞入了他的眼帘。

读到开头三分之一时，他忍不住坐直了身子，看完一半后，他感到心跳加速、喘不上气来。

"192×年秋，英国曼彻斯特一家枪支生产公司的员工彼得·卡梅登被捕。他被控杀害安玛西亚夫人，并放火烧毁了她的住宅。当时，卡梅登为金钱所苦，计划杀害富有的遗孀安玛西亚夫人，夺取其钱财。

"卡梅登于当晚七点左右来到安玛西亚夫人家。携带长约五十厘米的钢材，数次猛击夫人面部。他还解下自己的皮带，勒住夫人脖颈。最后，从房间里抢走了一百五十英镑现金和一箱宝石。

"并且，他为了掩盖犯罪痕迹，打算放火烧毁安玛西亚夫人的住宅。九点左右，他再次返回夫人家，点燃煤油灯，将煤油灯放在室内的衣橱上。为了使灯倾斜，他在煤油灯的底座垫了半本书。为了确保倒下的煤油灯点燃室内易燃物，从而引发火灾，他还将纸箱和衣物堆放在衣橱下。一个小时后，夫人住宅后的铁轨上驶过一辆运货列车，震动之下，衣橱上本就不稳的煤油灯掉落了下来。卡梅登预先知道夫人家地基不稳，每当火车经过，整个房子都会摇晃起来。三小时后，房子被烧得一干二净。消防车虽已奔赴现场，但依旧未能阻止火灾蔓延。

"不久后，彼得·卡梅登被捕，对自身罪行供认不讳。但即使被告已经认罪（后来卡梅登有翻供行为），法庭依然以证据不足为由，判定其无罪。

"争议点在于，犯下上述抢劫、杀人、放火罪行的真凶，究竟是不是被告彼得·卡梅登。该案件中，并未发现能将被告卡梅登与犯罪事实关联起来的指纹或其他客观证据。此外，间接证据也不具备指认卡梅登的充分性。综合多名友人及其他证人的证词，可证实案发后到被捕前，卡梅登的态度和言辞没有任何异常之处。不仅如此，案发后第二天，他还曾到伦敦游玩。虽然被告从伦敦返回后，立刻接受了警方的调查。可一旦承认返回曼彻斯特是其主观意愿，那么此项行为无疑对被告有利。

"卡梅登向警方认罪，随后又推翻了证词。他主张，自己的供述是警方逼迫下的产物，缺乏任意性。然而，法庭调查的所有证物并不能证实这项主张。因此，法庭认定他的初次供述具备证据效力。

"另外，法庭将被告的供述与其他证据一一对照过后，发现的重大疑点至少有以下几处。关于用钢材殴打安玛西亚夫人的时机，卡梅登的初次供述是这么说的：'夫人给大门开了个小缝，慢慢探出身子。她的脸完全暴露的那一瞬间，我猛地用钢材打了下去。'第二天却又改口，称：'我得到夫人的允许进入屋内，面对面坐在椅子上聊了会儿天，聊天时，趁她不注意打了她。'

"在杀人案件中，这一点极其重要。凶手究竟是在门口突然殴打被害人，还是进入房间后，在聊天的过程中殴打被害人？凶手很可能记不清犯罪细节，但上述犯罪过程不可能存在如此大的出入。此外，卡梅登也没有必要在这一点上故意撒谎。假设被告的自供为真，那么，又该如何解释这两次供述的出入呢？

"关于殴打安玛西亚夫人面部的次数，卡梅登在初次审讯中说：'打了一次'。第二天变成'两次'，一周后又说：'我打得很用力，夫人的头套拉下来之后，又连续打了四五下。'然而根据法医的尸检报告，死者面部的骨折极有可能是一次性击打造成的。

"关于殴打次数，被告卡梅登的供述与事实不符，因而存在重大疑点。很难认为这种出入是由记忆不准确造成的。另外，假设卡梅登是真凶，他也没有必要故意报高殴打次数，这么做显然对自己不利。这一点也使法庭对自供的真实性产生了疑问。

"关于凶器，卡梅登被捕后不久，警察曾问他：'是否见过这根钢材？'卡梅登答：'这根钢材上应该有我的指纹。好像是这根，你们在哪儿发现它的？我拿着它去夫人家时，那附近还有好多一模一样的钢材，我记不清了，好像见过。'随后用右手将钢材夹在腋下，测量了一下长度，对警察肯定地说：'就是它，错不了。'

"卡梅登指认的钢材直径为三点五厘米，然而，验尸官查看死者面部伤口后，发现伤口的直径比之宽三倍。法庭对放置于庭内的钢材进行了实测，得出的结论与验尸官一致。由此可见，卡梅登指认的钢材并非本案凶器。那么，卡梅登为什么要这么做呢？因为他虽然是凶手，却不记清行凶时使用的凶器，所以认错了？但是，如果真正的凶器比他指认的钢材粗三倍，那么卡梅登为什么要特意将钢材夹在腋下，并用近乎断言的口吻向警方指认呢？这太不自然了。他的供述中甚至提到了指纹。从口供的整体印象来看，卡梅登要么是记不清了，要么就是明知这根钢材与案件无关，却为了迎合警方的调查，故意做了伪证。

"假如是后者，就不得不问一问凶手为什么要针对凶器，做这种迎合性供词了。

"关于放火方式，卡梅登的供述与前文所说一致。但警方现场勘查后，并没有在衣橱下发现掉落的煤油灯。现场勘查时，即使该区域并非起火点，但与之相邻的衣橱下假如真的存在煤油灯，搜查人员绝不可能发现不了。由此可见，所谓的煤油灯，从一开始就不存在。这一点又使卡梅登口供的真实性大打折扣。

"综上所述，虽然案件疑点重重，法官依然以证据不足为由，判定被告无罪。"

读完整篇文章的原岛，感觉自己像突然被书上的字打了一巴掌。

这是巧合吗？可是，未免太过相似了。

不，原岛的直觉认为，植木寅夫一定读过这本书。

植木从前在二手书店做店员，从十八岁一直工作到二十五岁。后来结婚，开了一家与书店无关的中华料理店。

原岛从抽屉里拿出植木诉讼记录的复印件，确认了那家二手书店的名字。他给精通二手书的朋友打电话，对方告诉他，那家书店的主营书籍就是法律书。

那样一家二手书店，一定有詹姆斯·欣德的《无罪判决事例研究》。这本书翻译于战前，书店店员植木寅夫的确有可能读过。

逃脱警方的调查绝非易事。越想隐藏犯罪痕迹，越容易在不经意处露出马脚。迄今为止，无数杀人犯都曾巧妙地用诡计掩盖犯罪，然而，等待他们的往往是死刑，或者漫长的牢狱生涯。即使逃跑，也必须忍受逃亡之路上的不安与艰辛，那种滋味还不如坐牢。

所以最理想的结果，就是堂堂正正被警方逮捕，然后无罪释放。植木寅夫决心杀掉折磨自己的山岸甚兵卫时，心里动的大概就是这个念头。那时，他的脑海中极有可能浮现出曾在二手书店工作时读过的一本书。

曼彻斯特的彼得·卡梅登事件里，卡梅登指认了错误的凶器后，警方便盲目相信，将这根钢材作为物证呈堂。植木的案件里，钢材变成了烧火用的木柴。被捕后，卡梅登向警方指认钢材，并将钢材夹在腋下比画长度，说："就是这个，错不了。上面应该有我的指纹。"这跟植木向警方指认木柴，为了试手感把木柴拿在手中挥舞了五六下，最后说："就是它，错不了。这上面难道没有我的指纹吗？我记得应该有。"简直一模一样。植木模仿这位英国嫌犯，故意说出对自身不利的口供，然后反咬一口，让别人以为所有的口供都是警方逼供、利益诱导下的产物。

他原本就没在木柴和现场留下指纹，手提保险箱上也没有。或许打从一开始，他就是戴着手套作案的。

参与审讯的警察说，他从头到尾都很配合，甚至"殷勤"。正是这种态度欺骗了警察，使他们变得疏忽大意，以至于没有仔细地夯实证据。卡梅登供述殴打被害人次数时，从"一次"变成"两次"，最后改口称"四五次"，与植木从"五六次"改口称"三次"如出一辙。两个人实际上都只打了一下。

坐垫的问题也是如此。事实上，应该是植木主动对警察说："甚兵卫拿出坐垫请我坐，我在杀人后又把它们放回了墙角。"他预先知道甚兵卫不会给借钱的客人拿坐垫，所以利用了这一点。在手提保险箱里留下自己的借据也是一招好棋，因为真正的凶手通常不会这么做。山岸甚兵卫是孤寡老人，既没有兄弟姐妹，也没有外甥侄女。只要他一死，所有的债务自然烟消云散。

假如，警方知道了这个真相又会做何感想？法庭上双方对峙时，面对植木"逼供""利益诱导"等高姿态的口头攻击，警察为什么显得毫无招架之力？或许是由于对方太过厚颜无耻，警察在极度震惊之下，只能茫然地掉进陷阱之中。法庭上，植木那副大义凛然的样子，确实让原岛相信他的初次供述是被逼迫的。

原岛的内心无法平静，他站了起来，在书房里来回踱步。为了使自己冷静，他从书架上抽出一本薄薄的书，心不在焉地翻看起来。

"……判断被告是否被逼供时，不能仅以被告的口供是否存在前后矛盾，或者在法庭上时，被告对证人警察的态度是否'坦然勇敢'为评判标准。而应该综合考虑被告的性格、认罪的动机等具体因素，与现有证据一一对照，判断被告证词的真实性。然而，一审中，审判长并未综合研究现有证据，努力辨析被告证词的真实性，而是被被告扭曲的性格、卑劣且满是谎言的人格所欺骗。本庭认为，该自供的任意性不应被否认。"（名古屋高级法院金泽分院 昭和二十九年三月十八日 高级法院刑事特报）

——植木寅夫如今音讯全无。审判结束后，他将车站附近的地皮以高价卖给了某土地公司，之后便销声匿迹。他没有上门道谢，只给原岛打过一通电话。

"托您的福我得救了。您真是一位优秀的律师。这样一位优秀的律师居然白给我打官司，真叫人过意不去。"

　　植木寅夫如果死于交通事故，或许能应了"天理昭彰""惩恶扬善"的老话。

　　然而，现实似乎不会这样发展。

葡萄唐草① 花纹刺绣

---

① "S"形的曲线花纹，多表现蔓状植物卷曲延伸的姿态。

1

十月中旬的布鲁塞尔异常寒冷。一到夜晚，酒店大堂的正中央便会生起炉火。那是一座铁制的正方形火炉，火炉的旁边，井字形地堆放着白桦木和冷杉木。客人们坐在炉火周围，看见火势出现衰退的迹象，便随手扔进一两根柴火。大堂的天花板上，一盏设计精巧的枝形吊灯闪烁着璀璨的光芒，但客人们似乎更喜爱火焰的红色。

酒店是一栋美式建筑，位于坡道之上。坡道下是宽阔的环状线。酒店坐落在热闹的商店街中，背后排列着中世纪风格的教堂和住家。站在九楼朝北的窗户前，目视前方，可以看见最高法院生满铜绿的拱形屋顶沉甸甸地压在巨大且暗沉的十七世纪建筑上，鸽群如纸屑一般洒落屋顶。法院背后，若干幢巴洛克风格的建筑交错重叠，建筑群里点缀着几座尖塔，一路延伸至坡下的低洼处。远处仿佛笼上了一层薄雾，街道变成一道朦胧的之字形剪影。整幅画面透着一种遍布铜绿的暗沉感。从酒店房间俯瞰的布鲁塞尔，就像一尊骑在马背上的中世纪国王铜像，在岁月的洗礼下衰退成陈旧的青铜色。

九楼的房间里，住着一对来自日本的中年夫妇。丈夫名叫野田保男，经营着一家不太有名的公司。公司经营的业务与故事无关，总之是一家中型企业（以何种标准划分中型企业也是一道难题），经营规模中等。妻子名叫宗子。丈夫今年四十五岁，妻子三十六岁。

保男的叔父是某一流公司（日本屈指可数的财阀公司）伦敦分公司的社长，邀请保男来欧洲游玩两周。他们沿着南部的路线，依次游玩了曼谷、雅典、罗马、日内瓦，每个地方停留两到三天。夫妻俩的旅费都由叔父承担未免有些说不过，所以宗子的旅费由夫妻俩自行承担。回程时，叔父利用工作之便将两人送到巴黎，陪他们游玩了三四天。在那之后，两人就到了布鲁塞尔，计划随后从荷兰回国。

因为时间有限，所以不能去太远的地方。在布鲁塞尔时，他们最远只去了滑铁卢。公园里的落叶树已被染上鲜红色，仿若燃烧的火焰。这里的气候与日本大致相差一个月。进入冬天以后，气候差异还会逐渐变大。宗子是穿着和服去的。

大堂角落的墙壁和橱窗里摆放着纪念品样品。因带拱廊的购物街离酒店还有一段距离，商店为了吸引酒店的顾客，便摆了样品出来。除了手表、宝石、化妆品之外，多数是蕾丝桌布、手帕、刺绣壁挂等物件。比利时的传统刺绣久负盛名，但小卖店出售的工业化产品丝毫无法激起人的购买欲。那种品质的纪念品，似乎哪里都可以买到。

然而，墙壁上方一扇小小的橱窗里挂着的刺绣桌布却吸引了野田和宗子的目光。最先注意到它的是宗子。她对野田说，那幅刺绣好看，买回家吧。

玻璃橱窗中另外放着折叠整齐的桌布。底色是接近米黄色的淡褐色，镶着白色的蕾丝花边，用深浅不一的淡褐色丝线绣着葡萄纹样的唐草花纹。图案之精妙，难以用言语形容。既不会太寡淡，也不会太繁杂，透着一股庄重的异国风情。

"这多像奈良药师寺金堂底座的花纹。"

宗子说道。说起来，这也是波斯风的花纹。之所以能感受到异国风情，大概是因为这一点。

"这是手工刺绣，不是机械制品。"

宗子的眼睛贴近玻璃橱窗，说道。

"那是自然，看上去像高级货。不愧是凝聚了传统工艺的艺术品。"

"我想要。可是，这该不会是非卖品吧。虽然写了店铺名称，却没有价格。"

玻璃橱窗里偶尔也会展出一些作为样品的非卖品。说起来，他们确实不曾在小卖店的货架上看见这幅刺绣。

为了确认，他们离开大堂，往里侧的小卖店走去。在摆放着蕾丝工艺品和刺绣品的商店前张望了一会儿，发现都是些普通的纪念品。店的名字也与样品刺绣上写的店名不同。问过女店员后，对方用冷淡的语气答道，这间酒店里根本没有那个名字的店。哪里的商店都一样，从来不会轻易告诉顾客别家店的情况。那幅刺绣既然摆在大堂，就一定是样品，更何况，旁边还写了店名。越是弄不清楚就越想要，野田往大堂走去。比起野田，宗子更想买那幅刺绣。

大堂的工作人员回答，刺绣店并没有在酒店里开设分店。那是一家历史悠久的老字号店铺，经营模式是家庭手工作坊式的，所以向来不会批量生产。当然，产品大多是高级货。挂在大堂的那幅刺绣，价格大约是七千五百比利时法郎——约等于一百五十美金。的确不便宜。

听说那家店距离酒店只有步行五六分钟的路程，野田便拜托工作人员写了地址、画了示意图。穿上外套后，和宗子一起离开了酒店。根据示意图，沿前方种着七叶树的宽阔街道直走，向左拐入一片街区，再拐入右手边的小巷，就能看见刺绣店。

坡道纵横的布鲁塞尔，每一条街道都由石板铺就。小巷因为狭窄，鲜少有车辆进入，石板的表面磨损较少，还保持着原本的模样，有的边缘缺了角，有的带着裂缝。这一带全是一模一样的砖瓦房，分不清哪些是住宅，哪些是商店。若说是住宅，却又没有庭院，不免缺少情趣。若说是商店，却又没有玻璃橱窗，只装着普通的窗户。并且，多数房屋大门紧闭。在昏暗的屋檐下挂着的小招牌里，野田夫妇终于发现了他们要找的店名。但从店铺的外观来看，似乎歇业已久。

按响蜂鸣器后，厚重的橡木门被推开一半，出来一名头发花白的优雅妇人。野田告知来意后，对方微笑着说了请进，接着把门全部打开。

　　进来之后，野田才发现这是一家由住宅改造而成的店铺，无怪乎外表看上去像住宅。房子有二楼，但不知是否允许顾客参观。一楼摆满了商品，狭窄的通道两边摆放着若干列陈列柜。柜子后面的货架上堆放着一卷一卷布匹。墙上挂着桌布、餐巾和油画一样的刺绣挂壁。除此之外，还有睡衣、西装、夹克。陈列柜里摆着餐巾、薄围巾、手绢、桌布等小物件。刺绣和蕾丝的做工很精巧。所有的商品均由手工制作。听说工厂在别的地方，店里只有这位白发妇人。她玫瑰色的脸颊、深深的酒窝和娴静的微笑都令人印象深刻。

　　酒店里看到的刺绣样品也在陈列柜中，且有好几种款式。图案也不仅是葡萄唐草花纹，颜色除了米黄色之外，还有浅粉色、淡绿色等。在宗子眼花缭乱，为挑选哪一件感到为难时，野田正欣赏挂在墙上的刺绣画，其中既有宗教画也有风景画。他在欣赏那幅佛兰德斯①派（这是正宗的佛兰德斯风格）的田园风景图时，心里产生了一个念头，想把那块桌布当作纪念品送给水沼奈津子。去日内瓦时买的女式劳力士手表被他藏在手提包的底部，妻子注意不到的地方。除了那个之外，他还想送她一块葡萄唐草花纹桌布。但此时，因为妻子就站在旁边，所以

─────────────

　　①　佛兰德斯指比利时西部至法国北部北海沿岸地区，佛兰德斯派指14世纪末至17世纪发源于该地区的美术流派。

他没有出手。事实上，这次旅行前，他背着妻子准备了一笔资金，那块女式手表也是用这笔钱买的。

最后，宗子按照计划买了两块那种镶着白色蕾丝花边的桌布。六人餐桌的大小，一张要七千三百比利时法郎。她还想买配套的餐巾，但纪念品的花销已超出预算，只好作罢。

"这块浅粉色的给良子送去，我们就用这块米黄色的吧。"

良子是她的妹妹，嫁给了大森的一位税务师。宗子将两块桌布平铺在陈列柜上，专心致志地欣赏着。

"真好看，我在银座的橱窗里都没见过。不考虑销往日本吗？"

宗子用雀跃的声音说道。

野田问老妇人，店里的产品是否会销往日本。对方回答，因为产量实在太少，无法出口国外。原因在于手工制品需要耗费大量时间精力，而懂得这项工艺的匠人又在逐年减少。宗子似乎也从老妇人的神情里明白了什么，展颜说道："那样的话，就更加珍贵了。良子一定会很开心。"

老妇人将桌布叠进盒子里精心包装时，野田正打量着陈列柜中堆积如山的桌布，眼神宛如一条期待落空的狗。桌布的边缘，数十枝葡萄唐草花纹互相缠绕，与药师寺金堂药师三尊像底座的花纹何其相似。他本可以买下一块，却最终没有作声。

野田的脑中闪过许多朋友的名字，但关系好到能送这种家庭性礼物的朋友，妻子大多认识。他担心之后因为某些事情败露，所以不敢轻举妄动。

说起来，他也不太想让朋友帮忙圆谎。因为送情妇礼物而求人帮忙，难免留下把柄。他不想被人在暗地里议论。

野田和抱着包装盒的妻子一起走出刺绣店时，心情异常烦躁。她越为买到喜欢的礼物而高兴，他就越想得到相同花纹的桌布。女人的想法大概一样，水沼奈津子倘若得到这块桌布，会高兴成什么样子。假如告诉她，这是在日本买不到的高级货，她一定会更加开心。野田迫不及待地想看到她的表情和样子。

不要和老婆一起去国外旅行，此话实乃真理。将来的事情另当别论，至少现在是来不及了。如今别说自由行动，连一件自己想要的纪念品都无法买到。回程时看到的中世纪浪漫风景，也无法让野田打起半分精神。连他的心情都开始爬满铜锈。

酒店已近在眼前，野田却还是对桌布恋恋不舍。真想返回那家店，再买一块桌布。

"那边那座小小的古旧寺庙，听说是布鲁塞尔历史最悠久的寺庙。现在被崭新的建筑簇拥着，看上去好寒酸。"

提着包裹的妻子搭话道。

……返回那家店——对了，他可以返回那家店。

2

回到房间时已经下午三点。透过窗户往外看，大半的街道都被阴影覆盖着。北海沿岸国家的秋天，总是比别处更早进入黄昏。

今晚是住在这里的最后一晚。宗子为了把桌布塞进旅行箱里，正在重新整理。行李有两只大旅行箱、一只白色的化妆箱、一只航空公司的旅行包。包里塞着照相机、旅游指南和一些从各个旅游景点拿来的宣传手册。这是野田常背在肩上的包，宗子一般不会碰。在日内瓦买的那块女式劳力士手表，被野田藏在了旅行包的最深处。

"喂，你老是一个人忙这忙那，小心累坏了。"

野田对跪在地板上整理行李箱的宗子说道。

"是啊。但是我担心之后箱子里的东西变得一塌糊涂，所以趁现在大致收拾一下。你要是累了，就去床上躺一会儿吧。"

宗子头也不抬地说道。

"嗯。"就是现在，野田想。

"我有点累了，睡也睡不着，还是去楼下的咖啡馆喝杯啤酒吧。"

野田边说边打了个哈欠。

"啊，你去吧。喝杯酒也挺好的。"

不知是因为觉得野田在这儿做甩手掌柜十分碍眼，还是觉得有必要奖励陪自己去买纪念品的丈夫，宗子立刻表示了同意。

野田离开房间，故意没拿外套。外面或许寒冷，但不管怎么说，要去的地方就在附近。坐电梯下到大堂后，他快速地穿过玄关，往门外走去。走到车来车往的马路边时，下意识地抬头看了眼窗户，但宗子应该看不到，房间在酒店另一侧的最里处。只有玄关屋顶上插着的各国国旗，在微寒的风中猎猎作响。

野田再次踏上小巷的石板。太阳已爬到三层小楼的楼顶，小巷和住宅门口都蒙上了一层淡淡的阴影。肩膀果然有点冷。但独自行走的野田感受到了一种自由。他迈开双腿，昂首阔步地走在小巷里，不单是为了驱寒。如果能和水沼奈津子一起漫步在这巷中，又该是怎样一种感觉。一定不像和妻子一起时那样冷淡无趣。

水沼奈津子虽然是银座酒吧的老板娘，却因为会写诗而小有名气。野田完全不懂欣赏诗歌，却觉得若能将一个会写诗的女人带到中世纪氛围浓厚的布鲁塞尔，对方该对他多么感激。他是半年前和她在一起的，任何人都不知道他们的关系。连店里最精明的常客都不曾察觉。按照奈津子的说法，这叫作灯下黑。走在这样的石板路上，倘若只想着两个人相处的时光，近距离欣赏十七八世纪主教堂的拱形屋顶、尖塔的投影和巴洛克风格的建筑时，他一定会忍不住停下脚步高声呼喊，或是浑身战栗兴奋得不能自已。此时，如果奈津子在他身边，他的手臂一定会和她的交缠在一起，她的身体也一定会紧紧地贴住他的身体。人烟稀少的小巷中，野田沉浸在自己的幻想里，渴望这一切早日变成现实。

再次来到熟悉的房子前，野田静静地按响了蜂鸣器。门却迟迟没有开，野田不由打了个冷战，该不会打烊了吧。不一会儿，他的担心就消失了，正门处再次出现了老妇人优雅的脸，依旧是梳得一丝不苟的白发，依旧是玫瑰色的脸颊。

妇人以为野田落下了什么东西，一瞬间露出了惊讶的表情。野田语速飞快地表明来意，说想再买一块桌布。老妇人的脸上重新露出了恬静的笑容，再次把他请进门。店里和先前一样，既没有客人也没有店员，只有她一个人。

野田毫不犹豫地选择了葡萄唐草花纹。颜色也是米黄色的底色搭配淡褐色的刺绣。妇人从玻璃柜中拿出一块，开始包装。嘴角的两个酒窝一直没有消失。

老妇人一边缠包装袋一边问道："您太太没有一起来吗？"野田回答："妻子在酒店休息。"突然，他又警觉起来，对老妇人说这块桌布要送给妻子不认识的朋友，请她务必理解。

这话即使用日语也很难表达，用英语就更难表现其中微妙的含义。然而，老妇人却立刻心领神会，微笑着点了点头。她说"好的，好的，先生"时，也下意识地用了法语。从她的表情来看，她一定极其通晓人情世故。因此，野田也松了口气，对她说不需要礼品盒，只需把桌布折叠起来包好。装进盒子里体积太大，不便隐藏在行李中。妇人立刻露出疏忽了的表情，慌慌张张地重新包装起来。这位银发妇人或许不是女主人，只是受雇的店长。看上去，她的人生阅历极其丰富，十分懂得察言观色。也许，她年轻时也收到过这样的秘密礼物。野田用满是感激之情的眼神注视着妇人的脸，年轻时的这张脸，一定十分美丽动人。

野田离开了这家安静的小店，感觉像是离开了一家快要闭馆的博物馆。

回到酒店后，他在小卖店买了报纸，走进咖啡馆后，先是痛饮了一杯啤酒，然后又灌下三杯威士忌。因为没穿外套在微寒的风中走了一段路，他担心不容易喝醉，所以才采取了这种饮酒方式。他离开房间也有一段时间了，所以不得不在妻子面前表现出一副喝醉酒的样子。这期间，他拆开那家店的包装袋，把桌布又叠小了些，然后重新用报纸包了起来。也许会在桌布上留下细微的褶皱，但用熨斗一熨就能恢复如初。棉布的质地相当厚实，这也是在日本见不到的上等货。当地的售价是五万日元，若是销往日本，大概要卖十万日元。

离开咖啡馆后，大堂中央已生起了炉火。时间超过下午五点，窗外已完全进入黑夜。野田走到炉边，混在人群之中，尽可能地使身体靠近炉火，以便烘烤脸颊。他感到面部像着了火一样发烫，便返回房间门口。报纸包夹在腋下，如果妻子问起，就说买了五六本比利时的大型杂志。妻子对外语杂志不感兴趣，应该不会查看。

推开门后，宗子已躺在双人床的一侧睡着了。两只大行李箱整整齐齐地摆放在墙边。只有印着航空公司标记的旅行包还跟原先一样，随意地堆放在桌上。从早上开始他们就在外参观游览，中途回来立刻去买桌布，返回之后又马上开始收拾行李，宗子或许因为太过劳累，睡得很沉，连野田红着脸回来都不知道。

回国后的野田，上班第一天就在回家的路上去了那栋植满草坪的高级公寓。他去那儿时不会用专属司机，总是自己打车。

"水沼"酒吧位于银座，老板娘水沼奈津子却租下了这栋高级公寓五楼的一户单元独自居住。野田事先打过电话，所以她今晚没有去酒吧，而是一心一意等待他的造访。六叠大的房间里摆着一张会客桌，桌上堆满各色日本料理。有一整条硕大的鲷鱼，红色的碗里装着糯米红豆饭。

"恭喜你平安归来。"

奈津子给野田的酒杯倒满酒，自己也举起野田为她倒的酒。

"谢谢。"

"三周，对等待的人来说，还真是漫长啊。"

"我也想早点回来。"

"但是，你应该玩得很开心吧。"

"没有……"

野田把酒杯举到嘴边。

奈津子当然知道他是和妻子一起去了国外。出发前，她尽量装出一副毫不介意的样子，因不想在启程前扰乱他的心情，所以努力克制自己。然而，等到回国后第一次见面，她却情难自已起来。

野田才与奈津子交往半年，却忍不住在心里佩服她，这个女人不愧独自经营了十多年酒吧，性格成熟且稳重。奈津子对外宣称三十岁，实际年龄是三十五岁。肤色白皙，体型微胖。微胖的女人通常皮肤细腻，衬得妆容格外好看。脸型圆润，这是野田的心头好。眼睛是细长的丹凤眼。鼻子虽不高，但小巧可爱。嘴唇总是紧紧地抿着。

她写诗。虽然是自费出版，但迄今为止已出版了两本豪华诗集，可以说小有名气。《诗人与诗》的评论家曾在洋酒的宣传杂志上称赞过她的诗。称她重现了赫尔曼·黑塞的诗风。那位诗人擅长写抒情诗。奈津子虽没有读过黑塞的诗，但专家或评论家总是善于发现作家自身察觉不到的优点，将其提炼总结。所以奈津子也感到十分荣幸。不过，专家里分不清黑塞和缪塞的，也大有人在。

她置办了气派的全套家具，摆在被称作"会客室"的八叠大房间。靠墙的地方摆着一排印着烫金字的诗人全集，自己写的两本插在边缘位置。四叠半大的西式房间是"书房"，"书房"里有大书桌、大工作台和写作用的稿纸。若干本诗集、诗歌杂志杂乱无章地堆放在桌上。酒吧的女孩子可以进入"会客室"，却不允许进入"书房"，因为"书房"是她办公的地方。"书房"旁是六叠大的和式房间，另一侧是卧室，中间有一扇隔断门。卧室很小，光是一张大床就占去了大部分空间。对这种房间布局感兴趣的，大概只有建筑杂志的编辑，或是发生案件时前往现场勘查的鉴识科警察。

野田保男把在日内瓦买的女式手表（表盘上镶着一颗红宝石和十一颗钻石）送给奈津子时，她惊讶地瞪大了眼睛。但这也是理所当然的，并不值得大书特书。那块在比利时买的绣着葡萄唐草花纹的桌布，因为得来不易，反而有必要强调奈津子收到时的喜悦表现。

"真漂亮。不愧是原产地的工艺品，和国内的花纹完全不一样。边缘的白色蕾丝也很可爱。"

奈津子铺开六人餐桌大小的桌布，仔细地端详起来，双眼闪闪发光。野田看见这一幕，不由想起在布鲁塞尔的刺绣店，妻子也将同样的桌布平铺在陈列柜上，眼不眨地盯着看。奈津子的眼睛虽然细长，但比起宗子，似乎包含了更多知性的鉴赏力。

"我太开心了，看着这花纹，不知怎么的，写诗的灵感突然冒了出来。我一定能写出美妙的诗歌。我打算一直把它铺在餐桌上。没关系，我不会告诉别人是你送的。一直铺着这块桌布，我就能接二连三地、源源不断地写出杰作。"

然而，她被谋杀了。

3

　　水沼奈津子被人勒死于一月十七日的傍晚，死亡时间在下午五点到七点之间。根据新闻报道，警察依据以下几点推测出了死亡时间。

　　水沼奈津子的尸体横卧在被她称为"会客室"的西式房间里，发现尸体的是"水沼"的女公关。那位酒吧小姐因为一些特别的私事（与经理或小姐妹意见不合、想涨薪水、想跳槽到其他酒吧因而过来辞职，总之，多数是必须与经营者商量的事情）过来拜访老板娘。当时，门虚掩着，留着一条一厘米左右的缝隙，所以女公关象征性地摁响门铃后，径直走了进去。老板娘躺在餐桌与长椅之间的地板上，脖颈处缠了一圈细绳，细长的双眼瞪视着虚空。电灯的光线落在糖稀色餐桌漂亮的木头纹理上。

　　女公关头也不回地跑出来，直接去了警局报案。时间大约是下午七点钟。当地警局和总厅派出了调查员和鉴识科警察。鉴识科的警员绘制了现场及各房间的示意图，拍摄了照片。验尸结果表明，被害者的死亡时间大约在一个小时前，之后的司法解剖也证实了这一点。尸体没有留下性行为的痕迹，房间也没有被破坏的迹象，因而从一开始，警察便认为入室抢劫的可能性不大。因死者的职业是酒吧女老板，所以情杀的可能性较大。

　　警察进行了走访调查。首先，他们找到了目击者。目击者称在那名女公关到来之前，早已有人拜访过水沼奈津子。这栋高级公寓的隔音设施非常好，即使大声说话，隔壁的住户也无法听到任何声响。因此，邻居没有听到凶案发生时的惨叫声和此前的说话声。再加上，这里的住户极少在走廊上走动，大部分人宅居家中，只有到了深夜，走廊上的人才会多起来。但警方却找到了唯一的目击者，一名与水沼奈津子同住五楼的家庭主妇。目击者说，下午五点半左右，一名女子站在水沼奈津子门前，与门内的奈津子小声说着什么。奈津子看见有人经过，立刻把那名女子请进了屋。

　　由此可见，下午五点半左右水沼奈津子还活着。因此，凶案必然发生在五点半到七点之间。问题在于那名女性访客。目击者只看见了她的背影，并没有看见长相。据说，她留着一头外国人一样的红色头发，穿着鲜红色的短外套和黄色喇叭裤，感觉像是在酒吧工作的女人。虽然只在经过时瞟了一眼，但目击者对此十分肯定。

　　警察盘问了所有在"水沼"酒吧工作的女公关，没有一个人在那个时间拜访过老板娘。拜访过老板娘的，只有七点钟发现尸体的那名女公关。

　　但是，警察也与目击者一样，认为五点半左右的那名访客是在酒吧工作的女人。即便不是"水沼"的女公关，也可能是其他酒吧的女孩。银座的酒吧时常互挖墙脚,女孩子们也把跳槽当成了家常便饭。或许是想去"水沼"工作的女孩主动来见老板娘,抑或是奈津子看中的女孩按照约定时间前来拜访。因为没人看见她从奈津子家出来,所以并不清楚那名女孩在屋里待了多长时间。

虽不能断定那名女性访客就是勒死奈津子的凶手,但她必定是重要证人。因此,警方询问了"水沼"的经理和一些介绍酒吧小姐的中介,但却一无所获。这一行里,许多女孩喜欢直接跟老板娘交涉,并不会通过中介。老板娘在事情定下之前,也基本不会告知经理。

银座的女公关超过两万,再加上周边地区的酒吧女郎,人数应该有好几万。警方不可能一一走访。假设红发女子并非凶手,她之所以不向警察表明身份,大概是因为第二天在报纸上看见奈津子被杀的消息后,害怕惹祸上身。

警方调查了水沼奈津子的社会关系后,开始把目光锁定在两个男人身上。也许是因为职业的关系,奈津子的私生活相当混乱。过去的经历自不必说,就是现在,也与数人保持着男女关系。调查总部警员询问的其中一人是隔壁酒吧的首席调酒师,三十一岁,与奈津子交往了三年,相当于奈津子包养的情夫。另一人是互济银行支行的客户经理,二十六岁,因存款业务与奈津子频繁会面,一年半前开始交往。两人都不承认与奈津子被杀有关,但却没有不在场证明。如此一来,那名红发女郎的嫌疑又降低了许多。

调查总部因没有找到足够的物证，只好密切监视着几名嫌疑人。其间调酒师向警方坦白，说自己在和本店的老板娘交往，奈津子被杀时，两人正在宾馆幽会。警方证实了他的说法，因而，嫌疑人只剩下互济银行的银行职员。

调查总部列出的名单里并没有十个月前开始与奈津子交往的野田保男。奈津子似乎也没有对外透露自己和野田的关系。

野田保男因公事去大阪出差时，通过报纸知道了这件事。大阪的报纸花费了大量篇幅报道这起案件。酒吧女老板被杀算不得什么新鲜事，但被害人居然还是位诗人。不知是否因为会写诗的酒吧女老板实在少见，报道方式显然比普通新闻夸张了许多。有的报纸甚至刊登了水沼奈津子的照片。照片上的奈津子巧笑嫣然，圆润的脸颊上笑眼弯弯。野田保男深受打击。开始时，对恋人的惋惜和思慕击溃了他的心。然而，当他读到警方正在全力追查凶手时，不安的心情却占了上风。

警察很可能在调查阶段发现两人的关系。案发时他在大阪，具备充分的不在场证明。虽不至于被当成犯罪嫌疑人，却很可能作为证人被警方传唤。如果警方找不到凶手，就更可能为了寻找线索找他谈话。

野田保男的脸唰地一下变白了。如果被警方传唤，妻子就会知道他与奈津子的关系。迄今为止，他从来没有因为女人跟妻子起过冲突。想到妻子激烈的反应，他就害怕到连双脚都在颤抖。与他扯上关系的，偏偏还是因为私生活不检点（报纸上的推测）被杀的酒吧老板娘。别说妻子，就算以旁人的眼光来看，世上也没有比这更肮脏的事了。如果被捅出去，他在社会上也会颜面尽失。

野田无法专心处理剩下的工作，直接返回了东京。他先去了公司，听说警察和妻子都不曾打电话过来，放心了不少。这是案发后的第三天，报纸没有报道凶手被捕的消息。所以眼下，警察一定还在全力调查。危机没有解除，不知道什么时候，两名警察就会出现在公司前台或是自家玄关。

野田翻开公司里装订成册的报纸。东京的报道果然比大阪详细，警方推测的行凶时间是在一月十七日下午五点半到七点左右。推测依据有二，一是有人目击到五点半时，一名穿鲜红色外套和黄色喇叭裤的红发女子站在奈津子门口与她说话，最后被奈津子请进屋。二是七点左右，酒吧女公关进入房间发现了尸体。野田那时正在大阪酒店的食堂，与客户、本公司的大阪驻员在一起边吃饭边聊工作。

报纸上还说，被害者私生活混乱，已有多名男性被列入嫌疑人名单。野田没有为水沼奈津子的背叛感到愤慨，反而因为太过震惊，呆愣在原地。他怎么也无法相信水沼奈津子会对自己不忠，但一直呆愣下去也不是办法，危机正一步一步地靠近。报纸上说，已有两名嫌疑人浮出水面。其中应该不包括自己。否则，自己还在大阪出差时，警察必定已经去了公司，找公司里的人了解情况。所以，大概另有其人。不过，警察的网收到自己头上，也是早晚的事。

不管奈津子如何守口如瓶，在与其他情人相处时，也未必不会透露出三言两语。就算二人都十分谨慎，也很可能被第三者看见，以致私情败露。这危机究竟什么时候落到自己头上，野田实在不敢细想。

回家后，妻子宗子像往常一样在门口迎接他，态度与平时没有不同。他出差的这段时间，水沼奈津子被杀案并没有给公司或家庭带来任何波澜。野田想，今天虽然平安无事，但还不知明天是怎样一副光景。谁也无法保证，汹涌的波涛会避开他的家庭，往别处打去。

野田出差回来的夜晚，习惯坐在餐桌前听妻子讲出差期间东京发生的新鲜事。只有今晚，他什么都不想听。因为一个不小心，很可能引出发生在那栋植满草坪的公寓里的酒吧女老板被杀案。

所幸，妻子也没有提起这个话题。世上的有夫之妇，总是对在酒吧工作的同性怀有近乎偏见的嫌恶。宗子必定也是如此，那种女人被杀的案子，丝毫无法引起她的兴趣。

之后的三天无事发生。就在野田的紧张情绪快要得到缓解时，一个突发事件又让他的心脏被外力狠狠地攥紧。

上班途中，他吩咐司机去路过的书店买当天早上新出的周刊杂志。平时，他只会在无聊时读一读周刊杂志，这次，却是为了看一看杂志上有没有那件案子的消息。然而，或许因为这本杂志出版于案发后不久，并没有刊载相关文章。周刊杂志通常会对报纸上的新闻做详细追踪，写成颇具趣味性的报道。野田满心惦记着这回事儿，但这周却没有一篇相关文章。

然而，当他看到杂志最后的彩页时，却不由得倒吸了一口凉气。这个栏目名叫"参观会客室"，是某间洋酒公司的系列宣传广告，因而每期都有连载。这期的照片，竟然是坐在餐桌前浅笑嫣然的水沼奈津子。奈津子靠在椅背上，圆润的脸颊微微歪向一边，眼睛笑得眯了起来。简短的文字写着"诗与洋酒的女主人"。这张彩页大概早就在出版计划里，所以当事人虽然已遇害身亡，却还是能以这种方式，堂堂正正地在读者眼前死而复生。

让野田肝胆俱寒的并不是这张幽灵一般的照片。而是作为宣传物的黑色洋酒，正端端正正地摆在那张葡萄唐草花纹的桌布上。不，重点不是洋酒瓶的摆放姿势，而是那张桌布。这不愧是一张商业照片，色彩异常鲜艳，焦点的处理也相当出色。照相机或许离餐桌很近，那浅褐色的充满异国风情的葡萄唐草花纹，仿佛在镶着白色蕾丝花边的米黄色桌布上匍匐攀爬。栩栩如生的触感，让人忍不住想伸手触摸。

是那块在布鲁塞尔买的桌布——宗子要是看见这张照片会做何感想。听说这种桌布不会销往日本后，宗子便把它当成了宝贝。只有贵客上门时才铺在餐桌上，平时收得仔仔细细。而

被杀的酒吧老板娘，居然拥有一块一模一样的桌布。宗子要是
看见的话——

　　野田感受着心脏雷鸣般的跳动，决心一定不能让宗子看见
这本杂志。幸运的是，宗子不太喜欢周刊杂志，通常不会买来看。

4

　　并非只有野田保男注意到了杂志彩页上的桌布，调查总部也注意到了。照片上巧笑嫣然的被害者固然引起了调查员的兴趣，但比起这个，更让人在意的是那块桌布。他们并没有在案发现场看到那块漂亮的桌布。为了确认，鉴识科警员特意拿出了现场照片，照片上的餐桌裸露出木质纹理，什么也没铺。

　　警方再次把奈津子的家仔细地搜查了一遍，却没有在任何地方发现那块桌布。为了谨慎起见，调查总部给"水沼"的女公关们看了周刊杂志的彩页。这本杂志早在之前就成了女孩子们茶余饭后的谈资，但她们的关注点只在于这是老板娘生前拍摄的照片。被调查员提醒后，才重新审视起桌布来。去过老板娘房间的女孩异口同声地说，"会客室"的餐桌上确实铺着这块葡萄唐草花纹桌布。

　　只有一个人——那名发现尸体的女公关明确地说，进入房间时没看见这块桌布，因为电灯的光线打在餐桌的木头上，所以她记得很清楚。她的证词与鉴识科的现场照片相吻合。

　　"老板娘什么时候买了这块桌布？"调查员问女孩子们。

　　"不是买的，好像是别人送的。虽然没说是谁送的，但老板娘说这是在日本买不到的高级货，所以我想应该是别人送的。毕竟是这么漂亮的桌布。"

戴着假睫毛的女人说道。

"那么，她是从什么时候开始把它铺在餐桌上的？"

涂着厚眼影的女孩相互确认一番后，不约而同地答道，从去年十月下旬开始。

"是送去干洗店了吗？"

调查员说完，最年轻的女公关甩了甩长发。

"那天中午，我顺路去了趟老板娘家。当时，那块桌布还整齐地铺在餐桌上。如果送去干洗店的话，应该是在那之后。"

接到汇报后，调查总部领导立刻询问了经常出入公寓的干洗店和东京都内其他干洗店。最先回复的是经常出入公寓的干洗店，对方说没有接到水沼奈津子的订单，也没有拿走那块桌布。其他干洗店也先后给了同样的答复。

杀害水沼奈津子的不是入室抢劫的强盗，房间丝毫没有被破坏，财物也没有丢失的迹象。照这样看，凶手难道只剥下并带走了一块桌布？无论是多么珍贵的桌布，说到底也只是桌布。应该不会有人专门为了一块桌布杀人。

假设，凶手真的从餐桌上剥下了一块桌布，这么做应该不是为了这块桌布的美学价值，而是害怕自己的身份会因此暴露。所以，凶手才会在行凶后把桌布带走——这种推论在调查总部占了上风。调查员们姑且拿着周刊杂志的彩色照片，去了专门出售进口商品的高级门店。

照片的清晰度很高，肉眼足以看清。但店主还是拿出放大镜，仔仔细细地观察了一遍。结论如下：这块桌布是产自比利时的高级货，自家店里没有出售。自家店里没有，别的店就更不可能有。价格方面虽不太清楚，但这样的大小加上如此精致的刺绣，如果放在日本出售，零售价格绝不可能低于十万日元。调查员为这出人意料的高价感到吃惊，又问了生产这种桌布的比利时公司，店主写下了一家布鲁塞尔的公司名称。

调查本部用空运的方式向比利时日本大使馆寄出一封信，周刊杂志的彩页也附在信封里。信上说，希望对方咨询生产这种桌布的公司，过去两年内是否曾把商品销往日本。如果是日本游客在比利时当地购买的，请告知店名，以及该名游客入住的酒店名称、登记在酒店前台的人名及护照编号。酒店通常会让外国游客写下护照编号，通过护照编号就能查到姓名住所。不过，如果买桌布的人并没有向店员透露酒店名称，则很可能难以追查。

因桌布的价格比想象中昂贵许多，调查总部也开始对推论产生怀疑。本以为不过是一块普通桌布，没想到售价竟然高达十万日元。那么，凶手是专门为了这块桌布入室抢劫，被奈津子撞破，不得已才把她勒死的吗？

持反对意见的人也有，无论价格多么昂贵，那也是一块用旧了的桌布，会有人处心积虑只为得到一块每天被使用的桌布吗？被害人的钱包里明明装着十二万日元现金，房间里还有一些宝石，凶手却丝毫没有动过。所以杀人动机依旧应该是情杀，只不过凶手行凶后顺道拿走了桌布——绕了一圈，结论回到了原点。

虽说这块桌布是别人送的，奈津子却从未对酒吧的女孩们提起过。或者，送这块桌布的人就是凶手？即便不是凶手，此人也与案件脱不了干系。警方再次筛查了奈津子的交友圈，却没有找到符合条件的对象。奈津子的感情生活出人意料的混乱，经过调查走访，又有三个男人进入了警方的视线，然而他们被证实早已与奈津子断绝了往来。除了这些人之外，奈津子好像还有别的情夫。警方开始把精力集中在走访调查上。

调查总部绝没有放弃从一开始就盯上的互济银行客户经理。对方依旧没有不在场证明。现在只是缺乏强有力的物证，情况证据是充足的。总部几乎已将这名银行职员视为真凶。

然而，这名互济银行职员与桌布却没什么交集。售价十万日元以上，再加上不曾出口日本，他根本不可能买这样一块桌布送给奈津子。

那么，是他将别人送的礼物转送给奈津子了吗？互济银行职员似乎用了不少手段讨奈津子欢心，这种可能性也并非不存在。

有调查员提议，干脆就桌布的问题直接询问互济银行职员。调查主任却表示反对。在缺乏清晰证据的情况下，这样的审讯是拙劣的。如果对方一口咬定不知道，那么警方也无计可施。桌布看似与案件脱不了干系，但倘若没有更进一步的证据，也只能暂缓对此的询问——回过头来看，这个做法堪称明智。

比利时日本大使馆的调查报告到达之前，关于这块桌布，又传来了令人欣喜的消息。

走访调查中出现的一个人表示，他认识的一对夫妇拥有和周刊杂志彩页上一模一样的桌布。此人与案件无关，在此不做赘述。所有者是住在大森的一名税务师，他家会客室的餐桌上铺着这种桌布。

调查员迅速来到那名税务师家中。因进入大门后必须要通过会客室，所以有足够的时间细细打量那块桌布。两块桌布的大小与设计完全一致。白色蕾丝边缘的葡萄唐草花纹也分毫不差。不同之处唯有布料的底色。彩页上的是米黄色，这里的却是浅粉色。

不久后，主人终于现身，调查员非常客气地问起这块桌布的由来。

主人说，这是去年，妻子的姐姐姐夫去欧洲旅行时从布鲁塞尔买回的纪念品。调查员又问具体时间，主人回答，他们是十月二十日左右回国的。从时间上来看，这与"水沼"女公关说"桌布出现在老板娘会客厅的时间是去年十月下旬"不谋而合。调查员记下了税务师妻姐夫妇的姓名、职业、住址。理由是用作另一起案件的参考。

当天傍晚，回到家后的野田保男听宗子说今天下午有两名警察上门，顿时觉得两眼发黑。

——总算来了。他原本还抱着一丝侥幸，但该来的终究还是来了。

身体瞬间变得冰冷起来，但想到此时有可能被宗子目不转睛地注视着，野田便强迫自己冷静下来。

"他们来干什么？"

野田一边脱衣服一边问。宗子绕到他的身后，一一接过领带、衬衫、裤子，时而用刷子轻轻地掸拭，时而跪坐下来仔细地折叠。如此一来，妻子便看不到自己的表情，野田多少松了口气。然而，他依旧很在意，警察究竟为何而来。

"为了那块在布鲁塞尔买的桌布。"

妻子一边整理衬衫和裤子一边回答。语气与平时没有什么不同。

"那块桌布怎么了？"

果然是为了这个。警察也注意到了那张周刊杂志彩页。不祥的预感一个接一个地变成现实。

"一开始，警察去了大森的妹妹家，听他们说桌布是我们送的，所以过来确认。我说没错，是我们送的。警察问能不能看一看，我就把收好的桌布给他们看了。"

"嗯，然后呢？"

"然后，他们问什么时候买的。我说去年十月十六号在布鲁塞尔买的，二十号回国。又问买了几块。"

与野田想的分毫不差。

"我说，就这块和送给妹妹的那块。他们又问，真的只有两块吗？没有再买一块和这块一模一样的桌布吗？"

野田觉得自己似乎亲历了一遍警察的询问，浑身起了鸡皮疙瘩。

"我说，不，只有两块，是和丈夫一起去店里买的。警察好像还是不怎么相信，又问那家店的名字。他们太烦人了，我有点生气，就把那家店的纸袋给他们了。拿了纸袋，他们才道谢离开。"

警察或许真的会和布鲁塞尔的刺绣店核实。

"为什么警察会过来问这种事？"

野田想知道宗子的反应。

"不太清楚，好像出了什么案子，那件案子跟一块同样花纹的桌布扯上了关系。警察说只是问一问情况，没有透露更多，我也没问。"

妻子似乎不知道发生在植满草坪的高级公寓里的酒吧老板娘被杀一案。她更加不知道，自己的丈夫马上会因为这个案子变成警方的怀疑对象。除了警察的不请自来让她有点恼火之外，她的态度平静自然，与平常无异。

"那位野田社长家的桌布和彩色照片上的完全一致。底色也是米黄色。送给妹妹的是浅粉色。并且，他们回国的时间是去年十月二十日。"

根据刑警的汇报，调查总部召开了一次讨论会。

野田保男很可能是送桌布给水沼奈津子的人。他回国的时间是十月二十日，奈津子房间里出现桌布的时间是十月下旬。由此看来，野田与奈津子之间必然有私情，迄今为止的调查却没有发现这一点。虽然如此，但奈津子的情夫远比想象中多，最近还挖出了两个，所以野田与奈津子有染的这条线极有可能成立。

如果凶手是野田保男，他很有可能为了不留下线索带走那块桌布。这样就可以解释为什么案发现场丢失了一块桌布。

问题在于，野田的妻子对警察说，从布鲁塞尔带回的桌布只有两块。夫妻俩一起去店里买的。一块铺在自家的餐桌上，一块作为纪念品送给了大森的妹妹——调查员在两家都看到了实物，数量是相符的。

如果奈津子的桌布是野田送的，那么野田必然买了三块桌布。但和丈夫一起去的妻子却说只买了两块。这又是怎么回事？

可能性有两个，一是丈夫已向妻子坦白罪行，妻子为了包庇丈夫，故意把三块说成两块。二是野田瞒着妻子，买了另一块桌布送给奈津子。

前者虽然并非不可能，但多少有些反常。后者更加合情合理。夫妻俩一起去刺绣店买了两块桌布，妻子经历过以上事实，所以对此深信不疑，她没有对警察说谎。瞒着妻子买了另一块桌布的是丈夫。所以，他应该在没有妻子的陪同下，又去了一次刺绣店。

想确认事实，唯有询问那家刺绣店。总部根据野田妻子提供的布鲁塞尔包装袋知晓了那家店的名字，于是再次向大使馆发送电报，希望咨询相关事宜。购物的日期也已明确，是去年十月十六日。

与此同时，他们还秘密调查了野田保男案发当天的行动。一月十六日开始，野田便入住了大阪的酒店，案发时，也就是十七日下午五点到七点左右，他一直在食堂陪客户吃饭。野田的不在场证明相当充分。

野田并非直接的行凶者，但是，他与奈津子一定有关系。案发现场丢失的那块桌布如果是他送的，那么他与案件本身或许也存在某种联系。目前尚未发现野田与互济银行职员之间的关联，但或许，这条关系线就潜伏在调查之中。

此时，调查总部领导再一次提到了那名下午五点半左右出现在奈津子门口与她聊天的红发女子。但尚不明确该女子与案件的关联性。调查总部倾向于认为，这名女子只是想去奈津子店里工作，所以来找被害人商量，与案件本身无关。

5

周刊杂志的内容五花八门，以丰富的想象力描写了"诗人妈妈桑被杀"时拜访水沼奈津子、一见之下颇有酒吧女郎气质的"红发女子"。因警方也没有掌握清晰事实，所以作者能够天马行空、任意想象。但读完之后，那名红发女子留给读者的，也仅仅是一个"神秘"的影子。

野田保男顺手拿起一本写了奈津子被杀案的周刊杂志，开始阅读。所有周刊杂志对奈津子的诗人身份都表现出一种揶揄的态度。有的杂志甚至引用了诗集里的一小节，但那不过是为了调侃。

野田认为，引用的那一小节写得并不坏，甚至可以说极其浪漫，富有抒情性。只因作者是酒吧老板娘，所以无法得到公正的评价。再加上，奈津子的情人着实太多。周刊杂志往往喜欢将诗的浪漫性与她混乱的私生活联系起来。

奈津子丰富的情史暴露后，野田并没有多么觉得自己遭到了背叛，相反，他认为那都是生意上的身不由己，进而对她产生同情。然而，这种客观性之所以存在，也是源于周刊杂志没

有将自己列入情夫名单（虽然没有指名道姓，但大致能猜出来）
的安心感。

　　但是，野田并没有完全从不安中解脱出来。警察没有再次
上门，也没有传唤他，调查重心似乎远离了他的生活。然而，
有一件事依旧让他放心不下，那块桌布。

　　宗子已将包装袋交给了刑警，所以警察应该会向布鲁塞尔
的刺绣店核实桌布数量。警察虽然声称调查桌布是为了给另一
起案件做参考，但显而易见，他们的目标是奈津子被杀一案。
警察已经注意到了奈津子房间里那块产自国外的桌布。事实上，
周刊杂志彩页上的桌布的确令人印象深刻。假如警察得知那是
在日本买不到的桌布，自然而然会推测送这块桌布的人曾经去
过比利时旅行，或许还会进一步调查这个人与奈津子的关系。
如果发现桌布出现在奈津子家里的时间和这个男人从比利时回
国的时间相吻合，便可以直接锁定送礼人的身份。

　　宗子对警察说过，他们去布鲁塞尔那家店买桌布的时间是
去年的十月十六日，警察很可能以此为线索，着手调查那家刺
绣店。

　　野田不由得想起那位满头银发、神态娴静的老妇人。在摆
放着各种美丽刺绣的店铺里，招待客人的唯有她一人。中世纪
风格的石板铺就的小巷、厚重的橡木门，野田曾两次叩开那扇门。
第二次是单独去的，说是为了再买一块桌布，送给与自己关系
亲密之人。长着玫瑰色脸颊和两个深酒窝的妇人心领神会地笑

了，朝野田微微颔首。她的英语突然变成法语，也是一种领会了实际状况后的下意识行为。过去，这位美丽的老妇人一定也曾经从有妇之夫手中接收过秘密的赠礼，她对万事了然于心，暗自决定帮他保守这个秘密。野田虽然没有明确要求对方保密（他还有一点羞耻心，所以无法提出这样的要求），但却相信她一定会为他保密。

但，那是在普通情况下。倘若对方得知桌布的数量关系到日本的一起谋杀案，会不会说出真相？"一对夫妇买走了两块桌布，那位先生随后折返，又买走了一块。"两人心照不宣的约定并非如此牢固、坚不可摧。

得到这个回答的警察一定会再次找上自己。和您太太说的不一样啊。您实际上买了三块桌布吧。还有一块送给谁了？——警察必然会以一种调查特有的执拗刨根问底。

想到这一幕，野田便觉得家庭破裂的大浪即将向他打来，内心凄恻不安。比起一次性的打击，远离后再度袭来的危机，往往具备更大的杀伤力。

然而，野田并不知道送给奈津子的桌布在案发现场不翼而飞。他不可能知道。这是调查总部内部的秘密信息，是锁定凶手的"制胜王牌"。所以并没有对外公布。报纸和周刊杂志的报道里，也没有一个字提到了桌布。

调查总部向布鲁塞尔发出电报后的第三天，终于等到刺绣店的回函。

"去年十月十六日，当店出售该类商品于日本人夫妇共计两件。无其他日本客人。"

因回信通过日本大使馆转交，所以耽搁了不少日子。但调查总部还是依据这封电报，完全排除了野田保男的嫌疑。送水沼奈津子桌布的，应该另有其人。

……那位远在布鲁塞尔的娴静老妇，彻底遵守了与野田心照不宣的约定。即使这关乎一桩谋杀案，她也不想辜负那位默默送礼给心爱女子的温柔男士。即使前来询问的是日本首相，也无法让她多说一个字。这位比利时老妇的胆魄，野田是不知道的，调查总部也不得而知。

然而，野田却在极其偶然的情况下，发现了使自己的家庭深陷不安与惊惧的元凶。

某个周日，宗子去商场购物，野田留在家中。他觉得有必要换件衣服，便打开衣柜的抽屉。但没有找到，于是打开其他的衣柜和储藏室壁橱里的木箱，翻找了一通。当他找累了正发呆时，眼睛突然被天花板缝隙里漏出的一角报纸吸引。

狐疑的野田搬来梯凳，爬上去把天花板推开。其中一块的螺丝钉已经脱落，很容易移动。一个报纸包成的包裹就放在上面。他取下报纸包，摸上去非常柔软。

当里面露出绣着浅褐色葡萄唐草花纹的米黄色桌布时，野田的脸失去了血色。能把这样东西藏在储藏室壁橱的天花板上的，只有宗子。

野田想起了之前读过的周刊杂志，报纸上也略微提到过，奈津子被杀前，一名穿着鲜红色外套、喇叭裤的红发女子曾经拜访过她。目击者只看到女子的背影，并没有看到长相，但说过，那名女子给人的感觉很像在酒吧工作的女公关。女子的拜访时间是下午五点半，由此可以确认开着门与她聊天的奈津子直到五点半还活着。之所以能将案发时间锁定在五点半到七点，也是基于这一点。而他送给奈津子的桌布居然藏在这种地方，莫非，五点半拜访奈津子的红发女子，就是宗子？如果不是宗子，奈津子的桌布怎么可能出现在他家。

　　最近，市面上一直有出售红色假发，可以把假发戴在头上伪装成红发。鲜红色的外套和喇叭裤也能在商场买到，宗子打扮成"乍看之下像酒吧女公关"的模样拜访了奈津子。那天，丈夫在大阪出差，妻子有充足的时间完成"变装"。每天过来做家务的老太太大概也被宗子以某种理由支开。

　　宗子为什么知道奈津子的存在？对了，是私家侦探。除此之外没有其他可能性。野田去奈津子公寓时十分小心，每次都坐出租车，而非社长专用车。但如果私家侦探出马，可用的招数就多了，尾随或监视都不在话下。野田很可能在不知不觉中被人盯梢。

　　宗子为什么没有把私家侦探的行程报告摔在丈夫面前，和他摊牌？为什么一声不吭，只身前往外遇对象家中谈判？并且不惜"变装"。

因为，宗子的性格就是如此，习惯一个人解决所有麻烦。她会一声不吭地处理好丈夫的外遇，事后再向他汇报。之所以"变装"，大概是因为不想被公寓的住户认出来。又或者，她故意打扮成年轻女孩，是为了伪装成想进酒吧工作的女公关，为拜访奈津子制造借口。

　　野田想到了两种可能性。一、杀死奈津子的凶手就是宗子。两人发生了争执，宗子一怒之下勒死了奈津子。行凶后，宗子剥下丈夫送给情人的桌布，带回家中。——但是，这种可能性太小。再怎么想，宗子也不可能杀了奈津子。她不是那种冲动的女人。最重要的是，奈津子身材微胖、体格健壮，宗子身材瘦弱、手无缚鸡之力。宗子无法制服奋力抵抗的奈津子，并把她杀死。

　　另一种推论的可能性更大。——宗子向奈津子表达抗议后，提出要把桌布带回家。"这块桌布是我丈夫送你的。我们在布鲁塞尔时买了两块，丈夫似乎偷偷买了一块送你。能把它还给我吗？"随后凶手上门，杀死了奈津子。

　　当晚的电视新闻或是第二天的报纸都能让宗子知道奈津子被杀的消息。极度震惊的她意识到从奈津子房间夺来的桌布很可能给自己惹麻烦，于是把它藏进了储藏室的天花板。刑警来问桌布数量时，她强调只买了两块。之所以把写有店名的包装袋交给警察，大概是以为警察会在一定程度上信任自己，不会去遥远的比利时调查取证。另外，去过布鲁塞尔、买过同样桌布的日本游客一定不在少数，警察会认为送奈津子桌布的另有其人。宗子大概是这么想的。

野田想起，从大阪回到东京时，宗子丝毫没有提及酒吧老板娘被杀一案。这并不是因为不感兴趣，而是因为不想提。之后，谈到警察来家里调查桌布时，宗子也忙于为他整理脱下的衣物，几乎没有抬头。当时，野田正为宗子看不到自己苍白的脸色而感到庆幸，却丝毫没有意识到，宗子故意低下头，是为了掩饰内心的慌乱不安。回想起来，一切并非无迹可寻。

那么，宗子为什么不把与谋杀案有牵连的桌布烧毁或丢弃，而是保存在储藏室的天花板上呢？这难道不危险吗？野田把这一点归结为女人的天性。这块桌布是产自国外的高级货，日本买不到。就算买得到，零售价也超过十万日元。她无法把这样的奢侈品轻易地付之一炬，那样太浪费了。杀人案解决之后，她一定打算取出来慢慢使用。

当然，野田不可能知道布鲁塞尔的白发妇人忠实地保守了他的秘密，对日本警察说只卖出了两块。他认为，一旦调查总部从比利时得知真相，便会找上门，或是将他传唤到警局。他决定在那之前，处理掉藏在天花板上的桌布。既然宗子已经知道他与奈津子的关系，对妻子的恐惧便不复存在，现在，他更加惧怕警方的怀疑。

一个不留神，警察很可能发现案发前，"变装"拜访奈津子的就是宗子。现在，警察一定还在追查那名"乍看之下像酒吧女公关"的红发女子。

野田再一次搜索了天花板，当他在偏僻的角落找到那顶被旧包袱皮包裹的崭新红色假发时，真相是什么，已不言而喻。

野田急急忙忙地穿上外出的衣物，把桌布塞进上班时常带的黑色手提包。吩咐做家务的老太太转告宗子，他有急事需要外出。红色假发的话，宗子应该会妥善处理。

坐在出租车上的他为了物色一个丢弃桌布的好地方，一个劲儿地催司机往郊外开。但因为是周日，郊外反而聚集了大量私家车和游客。他本以为可以轻而易举地扔掉桌布，实际操作时，却觉得处处布满怀疑的视线，怎么也无法从包里取出报纸包裹的桌布。

他让司机掉头开回市内，市中心反而空旷许多。他下了车，溜溜达达地走上某条街道，随便找了一个垃圾箱。但他总觉得，扔在这里的话，很可能被某个路人瞧见，迟迟下不了手。

野田感到，自己似乎理解了宗子把桌布藏在天花板的原因。固然是因为舍不得，但另一个原因应该是找不到合适的丢弃场所。宗子也一定认为，无论扔在哪里，都可能被人看见。烧毁桌布的话，更可能招来异样的目光。

野田终于走进一条安静小巷，把报纸包扔进某栋房子前的垃圾箱。他慢慢悠悠地走远，心里却恨不得头也不回地逃走。走到大马路，坐上路过的出租车时，他的额头早已渗出一层薄薄的汗珠。报纸包里的桌布，明天就会被区政府的清洁工装进卡车，和其他垃圾一起被运到垃圾焚烧中心。在巨大的焚化炉中瞬间化为灰烬。这件麻烦的纪念品，即将永远消失。

……然而，事实并不如他所愿。翌日，垃圾箱的主人，一名家庭主妇发现了垃圾堆的异样。打开报纸包，里面包着一块轻微污损但依然美丽的桌布。主妇想把它铺在自家的餐桌上，于是送去了干洗店。

干洗店老板记得，这块绣着葡萄唐草花纹的进口桌布，正是许久前警察问过的那块，便通知了警察。

调查总部询问了将桌布送到干洗店的家庭主妇，得知桌布是被某个人扔进垃圾箱里的。

警察对比了周刊杂志的彩色照片，也让"水沼"的女公关确认了一番。这的确是铺在被害人水沼奈津子"会客间"的刺绣桌布。究竟是谁，把这块珍贵的进口高级桌布扔进了别人的垃圾箱？

调查总部并没有怀疑野田保男。因为布鲁塞尔的刺绣店说过，卖给野田的桌布只有两块，并非三块。

总部倾向于认为，另一名身份不明的男性送了水沼奈津子桌布。在祸事降临之前，酒吧女公关打扮的红发女子拜访了奈津子，奈津子禁不住对方的央求，把桌布转卖或赠送给了她。银座酒吧的抢人战况异常激烈，有的经营者甚至会在女公关入职时支付四五十万日元的"预付款"。如果让出时价十万日元的桌布就能得到一名优秀的女公关，奈津子一定连眉头都不会皱一下。这便是警方的结论。

按照这个逻辑，案发经过还原如下——红发女公关得到桌布后离开了奈津子家，之后一名男性上门。男人可能因为感情纠纷勒死了奈津子。那时，葡萄唐草花纹的桌布应该已经不在餐桌上。正如鉴识科拍的现场照片一样，餐桌是裸露在外的。

与奈津子有染的互济银行客户经理已被警方以其他证据逮捕。因不是什么强有力的证据，对方一直矢口否认，调查总部也感到束手无策。

就在此时，调查主任想到利用刚刚发现的奈津子的桌布作为审讯的"突破口"。在此之前，他们没有在互济银行职员面前提过任何关于桌布的信息。

调查主任向嫌犯出示了周刊杂志上"参观会客间"栏目的彩色照片。

"你认识照片上的桌布吗？"

"认识，奈津子总把它铺在餐桌上。"

"你与奈津子聊天时，是坐在餐桌前的椅子上吗？"

"是的。"

"那么，你应该对这块桌布十分眼熟。话说回来，你最后一次和奈津子在会客间谈话是在什么时候？"

"我说过很多遍了，在她被杀当天，一月十七号的下午两点左右。"

"是啊。当时，这块桌布铺在餐桌上吗？"

互济银行职员的脸上露出犹豫的神情，似乎怀疑主任的问题包含着陷阱。然而，他好像认为比起要小聪明，更加安全的做法是如实说出看到的情况。片刻的停顿之后，答道。

"那时，餐桌上什么也没铺。"

"没有照片上的这块桌布吗？"

"没有桌布，只有餐桌。"

"一直铺着的桌布不见了，你不觉得奇怪吗？那时，你没问奈津子吗？"

"这个……"

嫌犯飞快地瞥了一眼主任，自作聪明地添了一句。

"我也觉得奇怪，就问了奈津子。她说，因为桌布太脏，送去干洗店了。"

"嗯，这是案发当天，十七号下午两点你拜访她时发生的事吗？"

"是的。"

"你终于露馅了。……这块桌布直到下午五点半一直铺在奈津子的餐桌上。五点半之后，才从餐桌上消失。也就是说，你去奈津子家的时间，是下午五点半之后。"

当然，这是警察的计谋。五点半红发女子拿走桌布只是警方的推论，并没有获得证实。

葡萄唐草花纹刺绣的桌布居然让凶手招供了，这些事，野田夫妇是不可能知道的。

神之里事件

1

公交车已在平原上行驶了一个多小时。

虽是六月末，天却阴沉沉的，出奇地阴冷。梅雨季节的主角本该是绵绵细雨和闷热的天气，今年却没怎么下雨。天空连日盘踞着铅灰色的乌云，冷风像从窗户缝隙吹进来的一样。东京便是如此，来了之后，才发现这里也一样。

虽然没有下雨，平原处的农田已插好秧苗，大概是因为河中有水的缘故。一路上，加古川紧紧跟随着车窗。车子开到镇上，或路过山丘时，它会短暂地消失，但不一会儿，那闪着微弱光线的河面就又出现在眼前，像对谁放心不下一般。

车上有十二三名乘客。中途有人上下车，目前只剩这几位。除了引地新六之外，似乎都是当地人。不过除他之外，还有另外三人从始发站上车。乘客们并不说话，像睡着了一样沉默着，也不看窗外。即使看，也只能看单调的水田旱地。

车子路过山地。山林本已染上新绿，但因为天色阴沉，所以并不显色。远山的上半部分隐藏在云雾中。只有路过村落时，才能看见平整的水泥路。上坡路没完没了，无论去到哪里，都是千篇一律的风景。

"尊敬的各位乘客，本车驶离加古川已有一个半小时。距离终点站青垣町还有一小时三十分的路程。去往福知山、和田山、丰冈、城崎方向的旅客，请在青垣町换乘对应线路。再次感谢您的乘坐。"

引地吓了一跳，朝前看去。在加古川上车时，他就对车上配备女售票员颇感意外。现在即便是乡村的公交车，也大多是无人售票的。

女售票员身材娇小、肤色白净，脸颊柔软而丰满。十九或二十岁的年纪，给人十分可爱的印象。穿着空中小姐一样的藏青色迷你西装套裙，同色的帽子斜斜地别在短发上。

引地看厌了窗外的风景，不时地偷瞄坐在司机斜对面的女售票员。因窗外的风景实在毫无趣味，眼睛便做出了自然的选择。她偶尔会同司机说话，多数时间一声不吭地目视前方。有的女售票员虽然长相可爱，但性格冷漠。本以为她也是如此，但面对中途上下车的乘客时，她却非常热情，也会照顾老人和孩子。

检票时她来过一次客席，随后一直坐在固定座位上。虽然距离并不近，但引地还是盯着迷你短裙下露出的膝盖和双腿侧面。这并非出于某些不轨意图。

如此安静的她居然从椅子上站起，用麦克风说了那样一番话，着实让引地吃惊。惊讶过后，又转而感到佩服，原来如此，乡下的公交车还保留着对乘客的服务意识。但广播声并没有停止。

"各位乘客，您一定对这样的风景感到厌倦了吧。接下来，请允许我为您介绍沿线的名胜古迹。"

　　女售票员用戴着白色手套的手握住麦克风，朝客席微微鞠了一躬。引地完全没想到公交车上居然有这样的服务。他等着麦克风前的朱唇轻启，传来那悦耳、清澈的声音。

　　"话虽如此，但这样的偏僻山中的确不存在什么名胜古迹。不过，此处是《播磨国风土记》记载的古老地区。作为打发时间的消遣，请允许我为您讲述这里的传说。"

　　她的语调虽不像公交车导游那样激昂，但却抑扬顿挫、自成韵律。并且带着关西腔柔软的尾音。

　　"各位乘客，再过十分钟，我们就会进入西胁市。西胁也曾在《播磨风土记》中出现。传说《风土记》是和铜六年，距今一千两百六十多年前，奈良朝廷命令各国编纂而成的，主要记录各国的逸闻传说、名物特产。早在当时，《播磨风土记》就收录了许多有趣的古老传说。"

　　一段背诵完毕后，她总会停顿片刻。引地也已经习惯。

　　"过去，这一带名叫都麻之里。之所以叫这个名字，是因为一个传说。很久很久以前，北部地区有一条播磨与丹波的国境线。某天，播磨的女王来此地汲取井水饮用，大赞此水美味。美味的缩略语便是都麻，从此，那片土地就被称作都麻了。现在，那附近涌出的泉水依旧十分清甜可口。"

　　引地想，这番话并不是对本地人说的，女售票员是意识到了自己的存在，所以才讲了这个故事。她能从他的旅行装扮察觉一二，也能凭借始发站的车票预先得知他的目的地。其他三名不像本地人的乘客，或许也被当成了游客。

西胁町有人下车，中断了她的说明。车子再次驶上山地时，她又继续说了起来。加古川已变作名为杉原川的细小支流，车子行驶在曲折的山路上，河流轮番出现在左边或右边的车窗外，时隐时现。

"各位乘客，如您所见，这是一片只有山的土地。尽管如此，许久以前也被认为是适宜居住的富饶之所，此地曾住着一位名叫日上富之命的美丽女神。赞岐彦神听闻后从四国的赞岐赶来，发现日上富之命比传闻中还要美丽，便立刻向她求婚，却遭到女神的拒绝。大概是因为赞岐彦神缺乏魅力吧。不过，他相当执着，发誓无论如何也要娶日上富之命为妻。女神觉得对方实在难缠，冷淡地劝他知难而退。甚至雇用了武岩之命，与对方的军队战斗。赞岐彦神的军队战败，他一边沮丧地撤退，一边哭泣道，如今我真的软弱无力了。这句话的古语是'我甚怯'，从此之后，这附近就被叫作都太岐①。"

一般听到这里，乘客们就该露出微笑。但因车上大多是本地人，所以多数乘客都面无表情。三名看上去像外地游客的男子也许太过疲劳，一直闭着双眼。引地把视线转了回来，朝女

---

① 都太岐与"怯"谐音。

售票员微微点头。他觉得对方像是特意在为自己说明，不给出些反应总是过意不去。

司机一声不吭地变换着方向。车子逐渐深入山林腹地。周围几乎是杉树，悬崖峭壁之上点缀着几处深潭。

"各位乘客，过去，这附近被称作荒田之里。很久很久以前，此地居住着一位神灵，名叫道主姬，负责传达大神的神谕。某个时期，村子里有一名未婚生子的女孩。因那时流行自由恋爱，所以女孩也不知道孩子的父亲究竟是哪位恋人。道主姬为了探听神谕，使田七町的水稻在七天七夜里成熟，用水稻酿了好酒，邀请各路神仙品尝。她让那孩子给众神奉酒，孩子便径直朝一名男神走去，优先向对方劝酒。如此一来，终于知道了谁是他素未谋面的父亲。后来，完成使命的稻田从此荒芜，这个地方就被称为荒田之村。"

乘客的表情没有丝毫波动。如此一来，手握麦克风的女售票员的视线几乎锁定在了引地的身上。三个月前，乘坐这趟公交车的石田武夫是否听过这些介绍？那时也是这名女售票员吗？抑或另有他人？因为出自同一所巴士公司，所以即使不是同一名售票员，他应该也听过同样的故事。想到被杀前的石田武夫一定和现在的自己一样，承担着代替其他乘客聆听讲解的义务，引地的脑中立刻浮现出他左右为难的神情。

"各位乘客，请看左手边的窗户。"

女售票员的白色手套突然伸向左侧。

"远处的两座山峰名叫袁布山，虽然只能隐约看见一点。很久很久以前，宗像女神冲津岛姬之命怀了伊和大神的孩子，便从筑紫来到此山。宣告'我生产之时终矣'，从此，这座山就被叫作袁布山^①。"

引地有些吃惊，不仅因为一直以来的口语化说明中加入了类似《风土记》原文的句子，更因为这段原文给人的庄严感。她吟咏这段文字时用了奏上调^②，听上去仿若一段祈祷文。看得出来，她对这种腔调的掌握已经炉火纯青。

在一个名叫锻冶屋的小镇，七名乘客下了车。其中包括那三名外地游客。从西胁延伸出的铁路支线——锻冶线的终点就在此处。有五名本地乘客上车，游客只剩引地一人。河流变换到左边车窗，狭窄的平地一路延伸。它的背后，阶梯状的山丘紧密地连接着高山。沿着山麓拐弯，河流又转移到右侧。左侧的窗户外既有高耸的山峰，也有茂密的杉树林。

"各位乘客，这条河名叫杉原川，又叫荒田川。流经杉原谷、松井庄、中村、日野四个村落，绵延十里。由津万村汇入加古川。这个溪谷杉原谷，是一片极深极深的杉树林。连通此处和但马、丹后的山岭名叫杉原越。"

她的说明只针对引地一人，这一点已毋庸置疑。想来，对

---

① 袁布与"终"谐音。
② 指地方官上奏国王时使用的腔调。

这位从一开始便专心致志听自己讲解的东京游客，她打算服务到最后。

　　"各位乘客，这附近有一个名叫荫山之里的地方。很久以前，应神天皇的头冠掉落此处，头冠的古语叫御荫，从此，这个地方就被称为荫山。另外，此地之所以有八千军的称号，是因为天日枪之命率领的军队有八千人之多。"

　　她一丝不苟讲解着《播磨风土记》，却没有一个人在听，除了引地。云层变厚，光线又黯淡了少许，加深了肌肤的寒意。

　　"各位乘客。"

　　女售票员不知是为了一扫车内怠惰的氛围，还是为了吸引引地的注意，突然抬高声调。白色手套的指尖指向左侧车窗。

　　"各位乘客，如刚才介绍的那样，这一带是众神居住的神圣之地。其中有一座被誉为圣地的神山。杉原谷千之峰的山顶也叫石座之神山。不凑巧的是，现在并不能从这个位置看到。那里有一块正方形的巨石，宛若重叠的五只宝箱。《风土记》中也有记载……此山戴石，又丰穗之神在，故云石座之神山。石座，指附着神之魂灵的灵域。"

　　女售票员用奏上调吟咏《风土记》原文，听在耳朵里多了一种庄严感。

　　根据地图的指示，岩座神所在的千之峰是座海拔超过一千米的高山。山脊呈之字形，一路延伸至北边的福知山。公交车到达终点站青垣町所走的路线，正是夹在千之峰山脉与妙见山、舟坂山之间的溪谷。也就是说，这条南北纵横的狭长山谷实际上由杉原川冲刷而成。公交车专用道仿佛一根细线，紧贴着溪流的边缘。

左边车窗刚刚出现开阔的农田，公交车便在一个名叫的场的车站停了下来。等车的只有一名老妇和一块写着"的场"的木桩。眺望远处，会发现两山的山麓间绵延着农田，不少农家集聚于此。

公交车开动后十分钟，又能看见少许耕地。两山山麓间，若干个村落像鸟群一样点缀其中。

因为看见了写着"箸原"的站牌，引地从座位上起身。公交车停了下来。

"非常感谢。"

引地把票交给女售票员时道了谢。

"您细致的讲解让我度过了一段愉快的旅程。那些介绍词，是巴士公司教的吗？"

她微微垂下白皙的脸，眼角发红。

"不，大部分是我自己写的。"

她关上车门的瞬间，公交车好像收到信号一般，又驶向了宛如细线的远方。

2

　　走过杉原川上的桥后，引地往东边的道路走去。妙见山在南边，正面耸立着筱之峰，根据地图上的信息，此峰高八百二十七米。路的尽头是山脚下的扇状台地。准确来说，路的尽头是一起石阶，石阶上有一座类似鸟居①的黑门。下桥后走了七八分钟，约莫一公里的路程，路边都是农家。靠近黑门的地方有两家整修过门面的小店，分不清是餐饮店还是食堂。引地想，原来如此，这便是个小型门前町②了。

　　黑门庄严肃穆，上有两根横梁，酷似神社的鸟居，也结有注连绳③。黑门的右柱挂着一块大大的柏木招牌，用黑墨写着"丰道教本部"。招牌已有些发黑，但楷体的文字依稀可辨。登上石阶后有一片五百坪④左右的广场，正面立着一栋歇山顶博风式建筑。

　　广场仿造神社庭院种植了松树，间或点缀几棵梅树、樱树。

---

　　① 神社入口处的牌坊，用以区分神的区域和人居住的世俗世界，多为红色。

　　② 指寺院、神社门前形成的街区。

　　③ 稻草绳，为阻止邪祟入内而在道场周围圈起的界绳。

　　④ 日本度量衡单位，1 坪约等于 3.306 平方米。

引地站在博风式建筑的下方，发现五六段石阶上，八扇带护板的格子窗紧紧地关闭着。格子窗两侧与柱子之间各有一扇悬窗，延伸至两侧墙壁。这里既非寺院，又非神社，可以说是一栋神佛混合的奇特建筑。镶着拟宝珠的台阶下，唯有一块地方铺着圆形的白砂，立着一块写了"丰道教前殿"的柏木板。大门紧闭的正殿寂静无声，既没有祈祷时的拍手声，也没有人蹑手蹑脚走过的声音。

引地绕到建筑物侧面，接近最里侧的地方有一座狭小的神社式正殿。虽然屋顶上既没有交叉长木，也没有鱼形压脊木，但却是地道的神社建筑。前殿的样式与寺院相似。连接两者的则是权现式建筑。

随后，引地走到建筑物的背后，参观起右侧的摄社[1]来。那里并列着三个小祠堂，分别是月读神社、住吉神社、宗像神社。摄社并无遮风挡雨的屋棚，背面是山，因而被杉树林覆盖着，对于森严庄重的神道建筑来说，倒是无可挑剔的环境。

引地绕到正殿背后，移步左侧。后山有一条小径，入口处立着告示牌，写有"宝物殿"几个字。绘马形的木板与支柱都是橡木的，毛笔字写得并不坏，告示牌相当陈旧。

四周转了一圈，却不闻人声，不见人影，万籁俱寂。参拜众神之里的神社供奉神器的宝仓时，有哪些禁忌呢？引地一面

---

[1] 附属于本社的神社，一般祭祀与本社关系较深的神祇。

思考一面踏上不足三十步的小径。头顶上垂下沉甸甸的杉树枝条，两侧的阴影里是一排排笔直的褐色树干。本就是微寒的阴天，树林深处更显得暗无天日。

附近似乎有溪流，能听见湍急的水流声。但溪流本身隐藏在杉树林后，无法看见。

宝物殿是一栋厚实的混凝土建筑，铁制的对开门紧闭，挂着一把厚重的锁。面积大约五坪，形状模拟防潮仓库。这景象并不稀奇，近些年来，各地的寺庙都流行建造类似现代建筑的藏宝阁。但此地毕竟是《播磨风土记》之乡，似乎更适合出现古旧的木质建筑。引地沿着殿外的木栏杆走了一圈，果然没有找到后门之类的入口。若是有，这里便不会发生俗世的完全犯罪。经历十年岁月的洗礼，这厚度接近二十厘米的钢筋水泥建筑虽然褪色了少许，却没有长出一条裂缝。引地回到正门前，再一次凝视插在铁门上的红锁，果然与仓库的锁没什么不同。于是，他再次眺望起那块写了"宝物殿"的、庄严古朴的告示牌。

宝物殿中供奉着神器。传说是一面宝镜，形状和颜色却不得而知。一个名叫伴信友的学者根据《纪略释纪》《小右记》等的记载，推测贤所的神镜①应是带手柄的圆镜。神代卷记载，从天岩户中取出神镜时，"头付瑕，今犹存"，这句话可以作为附带手柄的佐证。栗田宽博士的《神器考证》上写过这个观

---

① 指日本三大神器之一的八咫镜，供奉在日本皇室。

点。日本从古坟出土的汉、三国、六朝时代的铜镜皆是圆镜。根据镜子背面不同的浮雕花纹，可分为素文镜、多钮细纹镜、重圈文镜、内行花文镜、神兽镜等，但大多是圆形的。仿制镜（仿造中国镜的和制镜）当然也是如此。因名为八咫镜，有人认为仿造的是八棱镜。但八棱镜是唐代之物，作为神代的宝镜来说，年代相差太远。这一点，只要参观过收藏圣武天皇宝物的正仓院就会明白。因陪葬的巫女雕像腰间别着铃镜，也有人认为是铃镜，铃镜指有七个铃铛的镜子。"带手柄的圆镜"即是柄镜，最早出现在室町时代，当作妇女的化妆道具或生活用品使用。因此，虽然该推论出自德高望重的学者，引地却难以认可。

——然而，"丰道教"却声称，宝物殿里宝镜的年代比宫中贤所的神镜还要久远。虽说战后日本取消了不敬之罪，但四处宣扬这种说法依旧相当蛮横无理。说自己拥有的宝物比皇室神器年代更加久远，等同于暗示皇室神器是伪造品，丰道教的神器才是真品。

那栋不足五坪、毫无情趣、只配被称为土仓的混凝土宝物殿留给引地极深的印象，即使远离那个地方之后，也无法从眼前消失。他无论如何也不相信那里收藏着神镜。丰道教宣称，他们侍奉着神器，神威在伊势大神宫之上。"丰"指丰玉比卖尊，地位等同于天照大神。宣扬的教义取神名中的一个字，名为"丰之道"，又叫"皇道"，是一种唯神教义。

丰道教号称在全国有一两万信众，信众代表一栏里，列着一连串旧华族或政商界知名人士的姓名。也有信仰该教的学者出任顾问一职。

但丰道教并非战后才出现的新兴宗教。它创立于大正初年，初代教主是一位名叫伊井百世的女子。教主均承袭旧名，现在的教主是第五代伊井百世，一名二十八岁的未婚女性。教义宣称真皇族丰玉比卖尊是镇护国家、改革社会的伟大神灵，信奉她的神训，便能无病无灾、家庭幸福、生意兴隆、出人头地。

教主之下设置一名教务总管。教务总管辅佐教主，根据其教示统领教会所有工作。现在的教务总管是一名四十多岁的男子，名叫青麻纪元。

教主在神前专注祈念时，不允许任何人接近。神灵附着在教主身上三天三夜，期间，教主将口述神的训示。教务总管并不能直接聆听神训，因为他是掌管教会行政事务的世俗之人。而神与人之间，又需要一个传递神训的媒介。此时，教务总管便会更换装束，化身为教主的侍者。教主在神灵附身期间，一直在正殿的房间内闭关。侍者会聆听教主在恍惚状态下舌尖吟咏的灵告，并书写在奉书纸上。

侍者还负责向教会职员传达教主的命令，向教主进献一日三餐。如此看来，教主大约相当于女王卑弥呼，教务总管青麻纪元类似于《倭人传》里的"男弟"，化身侍者人格时，他的职责又变成了"唯有男子一人，给饮食，传辞，出入居所。"——然而，青麻纪元已不在世上。三个月前，某个意外已使他魂归西天。

引地突然听见织布的声音。起先怀疑是幻听，但确实能听到唧唧、唧唧的织布声。他以为是寻常百姓家，可环视一圈也没见到一户农家。背后的巍峨山体与茂密树林构成的山麓滑落在寺院内，杉树、松树、橡树、枹栎等寓意吉祥的常绿树舒展着枝叶。树荫下露出一角脊瓦。织布声就是从那里传来的。

　　一开始，他以为是忌服屋在为祭神织布。根据教义，这里的祭神丰玉比卖尊是与天照大神平起平坐神灵，忌服屋为神灵织造御衣也不算什么稀奇事。他朝脊瓦的方向走去，穿过树林，发现那是一栋巨大建筑物的背面。从规模来看，像是教会的社务厅。建筑物的背面呈凸字形向外突出，镶着花棂窗。透过窗户，引地看见一个二十六七岁、挽着发髻的女人坐在织布机前，频频摆弄着舟形的木梭。

　　忌服屋像仓库一样昏暗、毫无情趣。因而衬得她的侧脸尤为白皙。身上的和服是条纹棉布制成的，织的也是同样花纹的布。直觉告诉引地，她就是教主伊井百世。教主似乎并未意识到有人偷窥，连头也没抬。又或者，她已习惯在织布时无视闲杂人等。这种傲慢使引地产生了想敲打窗户的冲动。须佐之男逆剥天之斑驹 ① 的心情，似乎也不是难以理解了。《古事记》中记载："天之服织女见惊，梭冲阴上而死。"

———————————

　　① 《古事记》中记载，须佐之男将天之斑驹杀死，把剥下的皮丢进纺织屋，天衣织女受惊吓触梭而死。

3

引地回到名为锻冶屋的小镇,住进车站附近一家叫"但马屋"的旅馆。回程巴士是另一辆车,只有司机一个人,并没有配备女售票员。那名讲解《播磨风土记》的女子或许在终点站青垣町休息,抑或是住在青垣或加古川。

虽是六月末,山谷的黄昏却来得很早。加上是阴天,接近下午六点时天色便暗了下来。房间的陈旧在意料之中。狭窄的壁龛上挂着樵夫归路水墨图。像是常来乡间采风的画家的手笔,富有想象力和情趣。

晚饭的菜肴是山中野菜和香鱼,也有烤山女鳟。对颜色古怪的金枪鱼刺身,引地是敬而远之的。酒的味道不错。侍奉的女招待眼睛不大、个子不高,名叫阿文。缓解对方紧张情绪最好的话题当然是那名女售票员,引地本身对此也很感兴趣。

"那是伊井千代小姐,是教主大人的堂妹。"

阿文当即说道。

"丰道教教主的堂妹?"

引地抬头看着阿文。立刻联想到女售票员背诵《播磨风土记》的样子和吟咏祈祷词时的奏上调。

"是的，您不觉得她们二人有些相像吗？"

阿文小巧的嘴唇里露出健康的牙齿。

"不，我并没有看清教主的样貌……"

单凭在忌服屋看到的侧脸是无法知晓她的容貌的。

"既然是教主的堂妹，为什么要做售票员呢？当然，我不是说售票员不好，只是应该有跟教会相关的工作吧。"

"她也做教会的工作，早上侍奉神灵时也有很好地履行职责。不当班的时候，或是例行祭典的时候，都会向公司请假，来神前侍奉。"

"职责指的是？"

"巫女。"

"巫女？"

"对，出云大社和春日神社里不是也有吗？穿白色和服、红色裙裤的巫女。"

"啊，那个呀。"

引地并不能立刻把藏青色的空姐制服和巫女的和服对应起来。迷你短裙与长裙裤也有不小的差距。不过，想起她念祈祷词时的腔调，引地觉得这样的反差好像也能慢慢接受。

"为什么不每天做巫女的工作呢？"

"这里不像大城市的神社，没那么多参拜者，也就不那么忙。千代说不想每天无所事事，所以平日会去巴士公司上班。"

阿文的标准语时而会变成关西腔。

引地本以为此地是丰道教总部，因而会有更多参拜者，结果却令人意外。不过，这样的结果或许与信仰无关，如此偏远的山区本就交通不便。他又问阿文，多少信徒会从别的地区过来参拜。阿文答，并不是每天都有人来，每隔三天会有两三个人过来。如此一来，堂妹确实没必要每天穿着红色裙裤枯坐在神社中。但是，举行每月一次的例行祭典时，那里却会聚集上百号人。其中既有外地信徒，也有附近的村民。丰道教历史久远，上了年纪的村民大多是追随初代教主的信徒。尤其近两年来，因这片地区变成人口稀疏地带，留下的尽是些老年人，所以也可以说，附近的村民几乎都是信徒。

　　引地正寻找时机，好向阿文打听发生在丰道教宝物殿的谋杀案，楼下却有人喊她名字，把她叫走了。这件事比较重要，引地决定下次一定要找个好时机询问对方。

　　石田武夫为什么会和教务总管青麻纪元一起被杀呢？丰道教内部的解释似乎是，石田遭受了神的惩罚。

　　石田探访这片"神境"之前，引地曾与他有过面对面的交流。在各种杂志上以真名、假名，或无署名撰写所谓社会话题的石田，之所以决心来这片丰道教的神境探险，并非单纯为了兴趣。石田有自己的理由。他的理由如下。

　　东国那边有一个宗教团体，县名和町名是知道的，但因为与故事无关，所以在此不做详述。战前内务省警保局的报告资料中也出现过该团体。这个"疑似神道"的教会名称，我们就假定为"高产灵教"。

高产灵教内部建有神殿，名为皇祖皇大神宫。教徒们大量收集或伪造古董、古文书供奉在殿内，宣称是该神殿的秘宝。作为一种布道捷径，供普通参拜者参观阅览。在介绍皇大神宫的由来和秘宝的来历时，教徒们做出种种令人惊恐的不敬举动。诸如编造有关三种神器的无稽之谈、亵渎神宫或神祠（热海神宫）的庄严性、任意捏造日本上古神代的神话史实，甚至传播流言蜚语，质疑皇统的神圣性，混淆皇位序列。后来，教主外加四名教众因不敬罪被捕，被警方审讯后，押送至地方检事局。在检事局以不敬罪的罪名遭到起诉、预审。

"高产灵教"创立于明治三十五年，以教主在自家祭祀自创的"皇祖皇大神宫"为起源。教主自我吹捧的言论比比皆是，现摘记一部分："我等供奉的皇祖皇大神宫又称元天神人祖一神宫。教主一脉自古以来便是皇祖皇大神宫的神官，负责守护神宫内的秘宝。但是，约十数代前，教主的祖先失去神职，皇祖皇大神宫亦归于荒废。唯有宫中秘宝秘密保存在教主家中，传承至今。随后，教主从祖父手中继承神宝，决心遵从其遗志，使秘宝重现世间，以图皇祖皇大神宫之复兴。"

恰好在那时，国家主义思想盛行，明确国体[①]等问题频频遭

---

① 明确以天皇为中心的国家体制。为昭和十年由军部和右翼分子提倡的词。

到热议，国史尤其是神代史研究风行一时。教主便不遗余力地拉拢此道的名士，将秘宝吹嘘成好像是解开日本上古神代史之谜的唯一钥匙。其结果，便是渐渐与军部之外的一部分好事者往来密切。教主又将这些作为宣传的资本，进一步拓展规模。逐渐拥有教众三千余人。

该教具体的违法内容相当复杂，且涉及多个方面。主要内容大致如下。

明治二十八年至三十六年期间，教主在京都鞍马山及居所等地，用神代文字在八十个石块上雕刻所谓的神代皇祖神御神名，吹嘘其为"以神代各天皇之御遗骨制作之神体神骨，皇祖皇大神宫之御神体"。为了进一步宣扬其神圣性，又声称"崇神天皇之御代，皇祖皇大神宫之御神体，即前记神体神骨之一体迁至笠缝（内宫），又一体奉迁至丹波元伊势（外宫），此为伊势神宫御神体之由来"。将御神体描述成其供奉的皇祖皇大神宫之分体，加以亵渎。

此外，他还命令县内的铸造师仿造古代神镜，制造了两面直径八寸厚八分的青铜镜。称之为"天疏日向津比卖天皇（天照大御神）依皇祖之神敕，命天真浦命以绯绯色金御制作之，为皇祖皇大神宫祭祀之宝镜。伊势神宫奉祀三种神器之一之八咫镜，为天疏日向津比卖天皇御常用之镜，命天真浦命以黑金（铁）御制作之"。旨在以此证明"伊势神宫奉祀之御神镜并非真正象征皇位继承之神器"。这种荒谬绝伦的说法亵渎了伊势神宫的尊严，对神宫不敬。

然而，该教会的所作所为并非仅此而已。倘若只有以上行为，此事便可看作是对疑似宗教团体"不敬事件"的镇压，在昭和八年至十年期间，这样的镇压可以说极其普遍。石田武夫注意到的，是战后公开发表的某高官日记的一小节。

这节日记表明，昭和十年末在关西地区，某个疑似神道的宗教团体犯下了"不敬之罪"。该教会名为"神政隆新会"，最初以前海军预备大佐为中心设立。后来，侍奉皇室的前女官长阴差阳错地成了信徒骨干。警视厅逮捕并审讯了相关人士，发现该教会的教义与"高产灵教"近乎相似。

警保局的资料显示"对尊贵的神宫之御神体，捏造令人诚惶诚恐的异说。此外，散布有关三种神器的无稽之谈，亵渎神宫之尊严等"。与"高产灵教"如出一辙。

并且，前女官长在供述"神政隆新会"的教务工作时，也透露出"神政隆新会"与"高产灵教"隐晦的关联性。"秘密宝仓——位于高产灵教正殿旁边，针对那座宝仓的研究也是十分必要的。"所谓的宝仓，必然指高产灵教收藏"三种神器"的仓库。

石田武夫向引地介绍完上述背景后，又接着说道："高产灵教命令当地的铸造师伪造三种神器恐怕是政府的官方说辞，实际上，他们用的是从周边古坟盗出的陪葬品。因为这些神器要供东京的古玩爱好者和普通信徒阅览，倘若是现代的仿制品，必然会被一眼看破。尤其小地方的铸造师，手艺大多拙劣，即使手艺精湛，也免不了被东京来的古玩爱好者，或是对考古学有研究的人看穿。所以，应该是几名信徒破坏了附近横穴式前方后圆坟的墓道，潜入其中，从墓室的陪葬品里盗走了古镜、古剑、勾玉等物品，交给高产灵教教主。那附近曾居住过许多古代东国豪族，以古坟群和珍贵的出土文物著称。

"事件之后，高产灵教的'三种神器'便下落不明。或许已经被当成铸造师的伪造品销毁了。如果遇到有良心的官吏，可能会被转移到博物馆，作为来历不明的珍品保存在应该保存的地方。然而，这种可能性极小。在那个宪兵统治的高压时代，实物大概已被碾作尘土，深埋在泥土之中。

"但是，我看到了一份战后发表的警保局资料复印件照片，上面除了高产灵教之外，还列出了当时全国各地'疑似宗教团体'的名称和组织结构。神道教会的部分约有四百个宗教名称，其中，兵库县一栏里写道'丰道教。——多可郡加美町字丰谷——教主伊井百世'。这个便是这次的关键。"

石田说完后，给引地出示了一份剪报。那是最近神户出版的一份地方报纸，刊登着名为"乡土物语茶话"的专栏。剪报似乎只是专栏的一部分，写着"其十三"。

多可郡加美町作为《播磨风土记》的发源地广为人知，丰谷村落里坐落着"丰道教"总部。该宗教创立于大正初年，信奉丰玉比卖尊。现在的伊井百世教主是第五代教主。昭和十、十一年是该教会最为艰难的时期，受皇道大本教镇压事件的影响，该教会亦被斥为不敬之淫祠邪教，遭受当局镇压。全国两千名信徒几乎一夜散尽，教会也临时解散。当时，第三代教主避开官员耳目将教会秘宝神镜偷偷保存了下来。相比于其他教会将秘宝宣扬为"神体""神宝"，极尽高调之能事，丰道教的神宝显得极为低调，反而躲过了当局追查。靠近但马的播磨山区本就不太显眼，这得天独厚的自然条件也有助于藏匿秘宝。战后，丰道教在第四代教主的带领下得以复兴，现在已发展到第五代。——石田给引地看的，大略就是这样的内容。

"我想亲眼见识一下丰道教的神镜。听说神镜藏在丰道教的秘密仓库里，轻易不对外展示。"

"是为了揭穿神宝的谎言吗？"

"恰恰相反。我认为那是一面不为世人所知的，珍贵的古镜。"

4

　　石田武夫为了生计一直在写之前说过的报告文学稿件。但他原本毕业于 K 大学的美学科，对考古学一直怀有近似乡愁的兴趣。回想起来，似乎就是这种兴趣夺走了他的性命。

　　那时，石田对引地这样解释道："日本从古坟中出土的古镜最远可以追溯到前汉时期，九州北部的瓮棺墓里曾发现许多前汉至后汉的古镜。畿内的年代近一些，多是三国或六朝时期的古物，也就是魏晋时期的古镜。可能经由朝鲜从中国华北流入日本，也可能直接通过海运。正如著名的《三国志》描写的群雄争霸战一样，当时，与魏分庭抗礼的正是位于长江沿岸的吴。

　　"通过《魏志倭人传》里对邪马台国的描写，可以知道三世纪的日本与魏保持着往来关系，所以华北系的古镜得以流入。前汉、新、后汉、魏、晋，流入日本的华北系古镜可以与中国历史一一对应。然而，几乎是在同一时期，华南系的吴镜也流入了日本。当时吴魏尚处于对立状态，所以吴国的镜子不可能通过魏国流入日本。也许是九州南部的豪族与吴国有来往，直接把古镜从华南地区运输到九州南部。之后，这些古镜又辗转到了畿内豪族的手中，成为古坟的陪葬品。除此之外还可能有其他途径，不过这不是重点。

"我想说的是，唐以前的古镜都是古坟或祭祀遗迹的出土文物，没有一块在豪族子孙手中留传。家族世代相传的宝物被称为传家宝，然而传家宝中却从来没有古镜的影子。至于伊势神宫的神镜，因为从没有人见过，所以也不知道庐山真面目。除了那面镜子之外，所有的古镜都是从地底挖掘出来的。包括仿照中国镜制作的仿制镜。

"你不觉得这很不可思议吗？在当时，镜子可是十分贵重的宝物。在中国时，镜子不过是女人的梳妆道具，到了日本，却变成了信仰的象征、豪族权威的象征。那么，为什么豪族没有把它当作传家宝传给子孙后代呢？传说汉朝古镜背面的花纹和钮（细绳可穿过的半球体状凸起部位）留下过被手刮伤的痕迹，可看作曾经在某个家族留传的证据。假设这个说法是真的，为什么那些镜子最后没有变成传家宝，反而被尽数埋在了坟墓中？

"我认为勾玉和古剑也是相同的情况，尤其是镜子，镜子不单是坟墓的陪葬品，还应该作为传家宝在古代豪族中留传。当然，经历了苏我氏的灭亡、壬申之乱等种种变故后，许多豪族就此败落，或许并没有余力保存贵重的传家宝。但是，即便如此，豪族祖先也可能将其捐赠给供奉祖先的神社或氏族神社，从而保留到现在。只是那些神社位于偏远地区，所以并没有人在意。再加上，作为御神体的镜子轻易不能示人，也就不能为世间广泛知晓。此外，即使神社知道御神体是代代相传的古镜，恐怕也无法正确评估它们的考古学价值，所以没有对任何人提起。换言之，其中存在两处盲点，东京的学者看不起乡下神社的镜子，不曾仔细调查。神社的神官和族长们也认为神体不足为外人道。在这两个盲点的作用下，在某个不知名的地方神社里，一定存在珍贵的中国舶来镜。

"类似的案例并非不存在，山梨县西八代郡大塚村出土过刻有吴国赤乌元年年号的半圆方形带神兽镜，兵库县川边郡小滨村出土过赤乌七年的同类古镜。日本境内只发现了两块刻有赤乌年号的古镜，却不知道它们是通过何种途径被运到偏僻山村的。

"我之所以特别留意兵库县多可郡加美町丰道教的'神宝'，是因为兵库县出石郡神美村曾出土过三面古镜。一面是有铭文带式四神四兽镜，一面是魏国的阶段式神兽镜，还有一面是草文 TLV 式镜，大概是后汉时期的古物。几面镜子出土于古坟，出石郡神美村位于丰冈市近郊，刚好处于多可郡加美町的北延长线上。神美和加美这两个名字又极其相似，不过这一点可能是偶然吧。

"背景介绍有点长。总之，就是因为以上原因，我决定无论如何也要亲眼看看丰道教的御神镜。"

"也不是你想看就能看的吧。对方要是拒绝怎么办？"

"实际上，他们已经拒绝了。我写过一封言辞恳切的信给丰道教总部，对方却这样回答：'御神体不便给任何人参观，从前也有朝野权贵、知名学者要求参观，悉数被我等谢绝。我等亦不便透露御神镜的形状、背面的花纹。御神镜被安放在木质宝箱中的石函里，石函下铺有黄金，缝隙间填满丹土，就连我等侍奉之人也不曾瞻仰过神镜的真容。此为初代教主之遗训，必须严格遵守。热田神宫曾有一名神官偷窥神剑，最后感染疫病而死。这个故事您知道吗？这便是亵渎神灵遭受神罚的下场。此外，御神体是信仰的象征，并非美术品或学术研究品，望知悉……'我就这样被毫不留情地拒绝了。"

"回信的是教主吗？"

"不是教主，是教务总管，一个叫青麻纪元的人。"

"那不就没办法了吗？"

"不，我打算硬闯。找那个叫青麻纪元的人谈判，要是还不行，就直接找教主交涉。无论如何我也要达成目的。"

这个男人天生喜欢硬来，若非如此，也写不出以采访为中心的优秀报告文学。他习惯强制会面，提出露骨的问题再写成稿件，最后卖给杂志社。对他而言，这个过程是生意。他也是个直觉敏锐的男人，提出的问题往往正中要害，也能从对方的回答中察觉言外之意。这次播磨之行并非为了生计，就更加使他兴奋。人一旦面对自己的兴趣、爱好，就容易变得跃跃欲试。或许他的直觉是对的，播磨山区里的神镜真的是舶来镜中的珍品，是日本第一面传世宝镜。

然而，当时，石田武夫的直觉并没有告诉他，此次播磨之行将会以他的死亡收场。也许，人类的直觉和神的灵威同处于天平两端时，分量更重的是后者。石田满怀热忱地对引地说出那番话时，他的灵魂已在现世和幽冥间徘徊。两个世界之间横亘着一条寸缕般的魔境，被阴气森森的幽冥云雾包裹着的魔境。那副景象，石田没有看到，当然，引地也未曾察觉。

引地最后一次从电话里听到石田的声音，是在三个月前的三月十六日清晨。

"那么，接下来我就要去播磨了。"

声音充满着活力。

石田奔赴的，是根之国、底津国、黄泉之国。他将这一讯息通过文明利器电话告知给了引地。很久不见的人打来电话以后，再听到的却是那人的讣告。这样的事，世上也是有的。人们常说，这种事发生前通常会有预兆。但石田的情况却不一样，因为引地事先听说过前因后果，所以那通电话算不上死亡预告。

那天，是十七号。

十七号下午四点多，丰道教总部后的宝物殿里传来巨大声响。待在总部的三名信徒急忙冲了出来，看见一个身穿白色和服、淡蓝色裙裤的人从宝物殿冲出，双手抱着脑袋朝小径跑去。穿白色和服淡蓝色裙裤的，除了教务总管青麻纪元之外别无他人。信徒们喊着"老师、老师"，青麻却向日落后更加昏暗的杉树林跑去，一眨眼就没了踪影。树林的天空上缭绕着青灰色的暮霭。

信徒们唯有呆愣地看着青麻跑远。宝物殿的大门敞开着，三人担心里面的御神宝，便走了进去。

　　宝物殿中一片漆黑。白天进入其中也需要手电筒，遑论说黄昏时刻。山谷地区的黄昏要比平原地区早三十分钟。三人没有准备手电筒，只好点燃火柴。宝物殿中虽然严禁烟火，但因为事出突然，也没有别的办法。在小小的火焰发出的亮光下，他们看到一个身着西装的男人面朝下倒在水泥地板上。

　　一个信徒蹲下身子，用手抬起男人的头，就着旁边信徒举来的火柴，他看见自己的手指染满鲜血。信徒大叫一声，扔掉男人的头。掉落的头颅溅出零星血迹，洒在白色的地板上。

　　三名信徒脸色惨白地返回总部正殿，想早点报告教主大人，但教主此时在正殿内的御神凭之间闭关。前殿与正殿间原本只用竹帘遮挡，但在教主闭关期间，会关闭中间的杉木门。正殿内的御神凭之间是更靠近神前的小房间，教主祷告时会拉上室内的拉门。

　　不论发生什么事，闲杂人等都不得进入御神凭之间。能帮教主传话、递送饮食的唯有教务总管青麻纪元一人。但这位青麻老师现在却不知所踪，六神无主的信徒们能做的唯有等待教主走出御神凭之间。教主之所以接受神告，也是为了这三名信徒。

　　就在此时，穿着红色裙裤的巫女伊井千代走进了前殿，她的手上端着白木方盘，方盘上放着三根绿色玉串（杨桐枝）。信徒们立刻把宝物殿的怪事告诉巫女，并央求她转告教主大人。

教主大人在御神凭之间闭关时，除了教务总管之外，任何人都不能打扰，包括巫女。但现在情况特殊，况且信徒们还目击到青麻总管一溜烟逃进山林的样子。巫女伊井千代便推开正殿的杉木门，拉开御神凭之间的拉门，第五代教主伊井百世立刻出现在三名信徒眼前。

　　听闻现世的怪事，魂游神界的教主立刻从恍惚状态中清醒过来，脸唰地一下变白了。死在宝物殿里的，是前几天从东京赶来的报告文学记者石田武夫，此行的目的是央求青麻教务总管，获得他的准许，参观御神镜。他的后脑部被某种尖锐的、类似枪矛的利器刺穿，死因是动脉断裂。

　　当晚没有找到教务总管青麻纪元，四天后，也就是三月二十一日下午一点左右，有人在总部所在村庄以西四公里的杉树林里发现了青麻的尸体。发现尸体的是附近的村民，那天进山是为了采摘卖给城里商人的野菜。被发现时，总管穿着白色的和服、淡蓝色的裙裤。

　　青麻教务总管的后脑部也被枪矛类的利器刺穿，与石田的死法相同。但总管的死状更加惨不忍睹，他的右眼被刺中，眼球流了出来。现场没有多少血迹，行凶时应当喷射出了大量血液，但都被前两天晚上的大雨冲走了。千之峰南边的山脊往西有一块陡峭的斜坡，现场就位于斜坡之中。斜坡脚下有一个名叫芽崎的村庄。此外，山脊东面接近山顶的部分就是名为"岩座"的山祠。

5

"教主大人她……"

女招待阿文处理好楼下的事务，再次返回楼上。她一边陪引地喝酒，一边聊起案件的事。阿文的心情也完全放松了下来。西胁开来的火车似乎已经到站，但客人们并未在旅馆前停下脚步。

"教主大人说，东京来的人遭到了神的惩罚。因为那人老是吵嚷着要见御神宝，所以天之日枪就从天而降，给他的后脑勺穿了个窟窿。"

当然，阿文并不知道，眼前这位客人就是三个月前遭受神罚之人的朋友。

"天之日枪？"

"是啊。教主大人对警察说，天之日枪从神崎郡粳冈飞来，刺杀了那个人。然后又飞回粳冈去了。"

天之日枪在《古事记》里又叫天之日矛，传说是垂仁朝归化但马国的新罗王子。

《播磨风土记》中的揖保郡粒丘、宍禾郡川音村、宍禾郡奈加川、宍禾郡夺谷、宍禾郡御方里之条都曾出现过天之日枪的传说。在神前郡粳冈之条，出云的伊和大神曾和天之日枪各自率兵大战了一场。

古籍里的天之日枪是人名。也有人认为，这是将朝鲜流传到日本的铜矛拟人化了。也就是说，古代的铜枪从与伊和大神（大国主命）对抗的粳冈战场飞到现世，刺杀石田武夫之后，又飞回了古战场。铜枪跨越两千年的时间和几十公里的空间，往返于两地。

"所以，案发现场宝物殿才没有发现凶器？"

引地说道。

"是的。"

"教主真的对警察这么说了？"

"真的，那位大人坚信真相就是如此。"

"嗯，那么，教主认为，青麻教务总管在千之峰西麓山林中被人用同样的犯罪手法，不对，被同样的利器刺穿后脑部，也是拜天之日枪所赐喽？"

"是的。"

"那又是为什么呢？青麻教务总管可是传递教主神示的人，是丰道教的大总管。"

"即使是教务总管也不能亵渎神灵。把东京来的男人带进宝物殿的就是青麻先生。"

理由简单明了。石田似乎在见到朝思暮想的神镜之前就已经断了气。神镜依然保存在两重宝箱之中。木箱里放着石函，石函下铺有黄金，缝隙间填满丹土，他却再也无法知晓那块神镜是不是一面中国的古镜，是不是日本最初的传世宝物。

"但是，警察不是说凶器是挖山药的铁棒吗？"

挖山药的铁棒与人一般高，为了方便挖土，前端被磨得极其尖锐。

简直与枪的尖端一模一样。警察解剖了两具尸体之后，发现两处伤口无论是大小，还是深度都极其相似，可以判断出自同一凶器。只是青麻教务总管被刺中右眼，东京来的杂志记者没有那样的伤口。虽然两具尸体的状况并非完全一致，但凶器是一致的。之所以说凶器是挖山药的铁棒，是因为死者的伤口混入了少量泥土。去年秋天挖山药时，铁棒上沾满了泥土，如果没有清洗直接用来杀人，泥土就会留在伤口上。——引地在入住旅馆前去了趟警察局，找负责调查的警员聊了聊。

"警察说，丰道教总部附近的一户农家丢失过一把挖山药的铁棒。铁棒一直放在后院的小屋，不知道什么时候不见了。只记得一个月前还在。"

"那附近的农家都有挖山药的工具。一般只会在秋天使用，用完就扔到小屋里再不理会，即使被偷了也很难察觉到。"

"铁棒的尖端大多相似。但是，警察调查后发现，其他农家的铁棒还好好地放在家中，只有被盗的那家铁棒至今不知所踪。那户人家有充分的不在场证明，可以排除嫌疑。铁棒的尖端与两人的致命伤大小一致。目前，还不清楚偷铁棒的人是否与谋杀案有关。行凶的铁棒也还没找到，警察说只要找到凶器，就能抓住些线索。"

"教主大人可没把挖山药的铁棒当一回事儿。是天之日枪从天而降，把他们刺死的……"

"解剖后发现，青麻教务总管的死亡时间也是三月十七日傍晚到晚上八点左右。也就是说，几乎和东京来的男人死在宝物殿的时间一致。就算比他晚，也只晚了两三个小时。那么事实的经过应该是这样，如信徒目击到的那样，身穿白色和服、浅蓝色裙裤的青麻从宝物殿奔出，逃往林中小径之后，绕道去了千之峰西麓的山林，在那里被追上来的凶手用铁棒杀害。因为案发现场处于密林之中，所以过了四天才被发现。"

"追青麻老师的人，有人看见了吗？"

"没有。赶来的信徒也只看见青麻双手抱头、逃往密林的样子。除了那三名信徒，没有其他的目击者。"

"那么，果然还是像教主大人说的那样。根本不是什么挖山药的铁棒，而是天之日枪。"

阿文深深地叹了口气，又说道。

"东京来的人被杀后的第二天，也就是十八号傍晚，教主大人举行了临时的镇灵祭，用以净化邪祟。"

"什么？镇灵祭？是镇魂祭吧。那是怎样的仪式？"

"教主大人将御神体放入御舟代中，信徒们牵引着御舟代走到千之峰的岩座，在那里举行了仪式。听说，那个村子的人全都来参加仪式了。御舟代中放有御樋代，为了阻挡参拜者的视线，御舟代的前后左右支起了白色的幕帘，之后，便是熄灭火光……"

这简直与伊势神宫的迁宫祭如出一辙。迁宫祭时，作为神体的古镜会被放入御樋代中，御樋代则被放在御舟代上，运往修建完毕的新宫。整个过程中，神官手中的白色绸布会将御樋代的前后左右团团围住，这个仪式被称作绢垣行障，目的是阻挡其他侍奉者的视线。当然，队伍行进时需要熄灭庭燎（庭院的灯火），确保四周处于黑暗状态。

"御舟代里只放了御神体吗？"

"这我就不知道了。教主大人把作为御舟代的大木箱放在拖车上，然后拖着箱子去了岩座。虽然有五六个人帮忙，但因为围着白色幕帘，所以他们也不知道里面的情况。"

拖车给人一种现代感。整个仪式虽然透露出少许地方特色，但大体还是模仿了伊势迁宫。不过，如果丰道教的祭神是对天照大御神的模仿，那么一切就显得顺理成章了。

"那个，听说教主还是单身，她不打算结婚吗？"

"没听过这方面的消息。"

"因为教主是侍奉神灵之人？"

"这，我就不清楚了。"

第二天早上十点过后，引地离开旅馆前往岩座。阿文说，要爬千之峰的话，这样的鞋是不行的。于是引地脱下脚上的短靴，换上了旅馆借给他的橡胶底登山靴。临走前，还被塞了一根登山杖。因为离登山口有好一段距离，旅馆的年轻人开车将他送到了太日村。千之峰的山麓在山脚时一分为二，太田村刚好位于分岔处。从这里到岩座，只有徒步攀爬一种方法。

引地登上山的裂口处。两侧是杉树林，到处都有鸟居。路很陡，需要时不时停下休息。地图显示，千之峰山顶海拔一千米左右，岩座位于六百米的地方，太田村的海拔是三百米，所以地势十分陡峭。

今天也是阴天，有些阴冷。但当引地花费四十分钟，终于爬上岩座时，他却流下了汗水。那群人居然爬到这种地方举行镇魂祭，也是够有骨气的。不过当地人也许习惯了走山路，并不像引地这般费劲。

眼前，五块巨石像侵蚀海岸的岩礁一般拔地而起，围成圆圈。岩石是自然形成的花岗岩，经过长期的风雨侵蚀，变得黑漆漆的，表面长满了苔藓。岩石前结有注连绳，旁边的立牌写着"宇智贺久牟丰富之神山"。《风土记》中出现过这位神灵。"宇智贺久牟"是"团团围住"的谐音，实际上描述的是岩石分布的状态。古代神灵的名字通常是对眼前景象的如实反映。这里的岩石并不像女售票员伊井千代说的那样，像重叠在一起的箱子。

四周寂静无声，云离得很近。乌鸦鸣叫着从云与头顶之间飞过。抬头望去，厚厚的云层遮住了千之峰的山顶，山顶附近是一片漆黑的原始杉树林。低下头时，看到的是岩座前长着野草的平地。也许是因为经常有人来，草长得不高。丰道教第五代教主在石田武夫被杀后的第二天夜晚，或许就是在这块草坪举行了镇魂祭。

　　岩座位于山顶附近。山顶之所以会有祭祀场，是因为引入了佛教的山岳崇拜思想，并非受本土宗教的影响。古代的祭祀场大多位于山脚处，为的是能够仰望山顶。巨石崇拜与山顶崇拜是两种不同的思想。

　　引地将视线移向千之峰左侧的山脊，倾泻而下的山脊对面便是名为芽崎的村庄。此处离山脊有三百米左右的距离。因这里的海拔已有六百米，所以地势并不陡峭。引地拿出一比五万比例尺的地图，看见山脊西侧有一条陡峭的斜坡。摘野菜的女人就是在那条斜坡下发现了教务总管青麻纪元的尸体。

　　镇魂祭举行时，"庭燎"被熄灭，周围处于一片黑暗之中。假设此时，有人从御舟代中搬出尸体，再背着它爬到山脊上，从地势上来看，其实并非难事。那时，主持镇魂祭的第五代教主正被神灵附身，沉默不语。其他的信徒则远远地坐在别处，齐声诵念着驱污净罪的祈祷词。"此国之中，向荒神等询问了一遍又一遍，请神驱邪了一次又一次，发问时，岩石、树丛、草叶亦停止言语，离开吧，天之岩座，穿过天之八重云，从天而降，从天而降，从山脊坠落，从山脊滚落。"——青麻纪元的尸体真的如祈祷词一般，离开天之岩座，越过山脊，穿过茂密的山林，滚过斜坡，从天而降。山中的岩石、树丛、草叶纷纷敛声屏气，见证这一幕的发生。连藏身枝头的猫头鹰也保持沉默……

听到身后的脚步声，引地回过头，发现伊井千代不知从什么时候起已站在他的身后。她今天没有穿藏青色的制服，也没有穿白色和服和红色裙裤。

"啊，昨天谢谢了。"

引地如梦初醒般说道。巫女出现在了最适合出现的地方。

"您在看什么呢？"

身穿连衣裙的巫女微笑着问道。短发与她白皙圆润的脸庞十分相衬。

"我在散步，因为昨天在巴士上听你说过岩座神的故事。"

千代点了点头，静静地盯着引地的脸。用在巴士上只盯着他一个人说明时的那种眼神。

"您是从东京来的吗？"

"是的。"

伊井千代的语气显得好像已经知晓了引地的身份。

"我昨天参观了丰道教总部。"

引地说道。

"我知道，我在巴士上看见了。您在箸原站下车后，直接往总部的方向去了。"

"也参观了宝物殿，虽然没有进去。"

"三个月前，一位东京来的作家死在了那座宝物殿里。"

千代径直说道，没有半分犹豫。

"他是我的朋友。"

"我猜到了。"

"凶手还没有找到。我到这里时去了趟警察局，打听了些情况。"

"真可怜。"

"朋友想亲眼见识一下御神镜。他对考古学有一点研究，坚信这里保存着日本最古老的传世宝镜。所以大概一直缠着你们要求参观。"

"没错。听说那位先生一直在求青麻总管。"

"你那天，向巴士公司请假了吗？"

"那天我不当班，所以跟平时一样在神前侍奉。"

"把朋友带进宝物殿的，是青麻教务总管吗？"

"也许青麻总管被他缠得没办法了吧。我们也不知道。"

"你们？"

"教主大人和我。教主大人是我的堂姐。怪事发生时，教主大人在御神凭之间闭关，我在正殿侍奉。前殿里坐着三名等待神示的信徒。"

"正殿与前殿隔着杉木门？"

"对，格子密集的杉木门。"

"但是，信徒们却听到了宝物殿的声响。正殿分明离宝物殿更近，你们难道没有听见吗？"

"教主大人在御神凭之间时，会集中精神等待神的训示。就算身边有炸弹爆炸，她也是听不见的。我当时也在专心祈祷，没有听见。"

"你一直坐在正殿吗？"

"我去社务厅为信徒们取敬神用的杨桐枝，做了些准备工作。并没有一直坐在那里。"

"你捧着杨桐枝和方盘走到信徒前时，从他们口中听说了怪事。所以，案发时你不在正殿，而是在社务厅？"

"是的。其间，信徒们听到声响，跑去了宝物殿。我是送杨桐枝和方盘时听他们说的。他们让我早点通知教主大人，我就在御神凭之间外向她说明了经过，教主大人便立刻出关了。随后，大家一起赶到宝物殿，发现你的朋友被人用枪刺穿了后脑部，已经过世。"

"警察说凶器不是枪，而是挖山药的铁棒。附近的农家曾丢失过一根挖山药的铁棒。"

"我也听说了。但是，教主大人说是天之日枪从天而降刺死了他。虽然很遗憾，但这就是亵渎御神镜的下场。"

"青麻总管也遭到了神的惩罚？"

"教主大人是这么说的。"

"三名信徒赶到宝物殿时，看见青麻总管从里面跑出来，双手抱头逃往后山。青麻总管并没有杀害我的朋友，为什么要逃跑呢？"

"也许青麻总管看见你的朋友遭受神罚，受到了刺激，害怕自己也会遭受同样的惩罚，便抱着头逃走了。"

"青麻总管的尸体被人在山脊对面的斜坡发现，死因与我的朋友相同。根据警方的调查，他的死亡时间与我朋友十分接近。"

"这些，我就不太清楚了。"

"另外，听说在青麻总管的尸体被发现前，也就是我的朋友被杀后第二天晚上，教主与信徒们聚集在此地的岩座，举行了镇魂祭。"

"没错。"

"那天，你也来了吗？"

"我留在正殿礼神。正殿没人留守也是不行的。"

"没人留守？"

"信徒们都去参加镇魂祭了。"

此时，云层间露出一缕阳光，照亮了西侧的山脊。在阴沉沉的天空下，晦暗不明的风景里，唯有这一处山脊闪耀着神一般的光芒。就连高空中的飞鸟给光线投下的阴影，也被认为是灾祸的象征，让人感到不吉。

"啊，你该不会。"

五代教主的巫女似乎看穿了引地的想法。

"你该不会以为，有人把青麻教务总管的尸体从山脊处扔下，任由它落到山下吧。这是不可能的。总部运到岩座的御舟代里，除了御神镜之外什么都没有。御神镜分量很轻。青麻教务总管怎么也有六十公斤，人变成尸体之后，分量会变得更重。首先，御舟代和御樋代里无法放下成年人的尸首，就算勉强放进去了，帮忙推车的信徒一定会有所察觉。如果车里放了六十公斤的尸体，推车时一定需要很多人帮忙，他们难道不会觉得奇怪吗？你的注意力全放在绢垣行障上了。"

引地说不出话来。巫女用轻蔑的眼光看着他。

"那处山脊下，青麻教务总管的尸体被发现的山脚处，有一座名为芽崎的村庄。《播磨风土记》中也有记载，您知道吗？"

"不知道……"

"《风土记》里，那地方叫作目前田，传说品太之天皇（应神天皇）曾在此处狩猎，天皇的猎犬撕裂了野猪的眼睛，故此，被称作目割①。"

巫女用比在公交车上更加响亮的声音诵念着犹如祈祷词般的注解，给人一种虚无缥缈的感觉。

天之日枪刺穿了教务总管青麻纪元的右眼。想亲眼见识神镜的人不是石田武夫吗？被刺穿眼睛的也应该是石田武夫才对。但是，他的眼睛却安然无恙。为什么凶手必须刺穿青麻教务总管的眼睛呢？——其中，似乎包含刻骨的仇恨。

巫女背对着引地，静静地俯视丰道教总部。上半身嵌入了灰色的天空中。

----

① 目割与目前谐音。

6

引地回到旅馆，把阿文叫到房间里。

"你是丰道教的信徒吗？"

"不，算不上。"

"你的亲戚或是熟人里有信徒吗？"

"有，我的叔叔和婶婶是信徒，熟人里也有。"

"那么，你从那些人口中听说过丰道教内部的事吗？传闻也行。"

"什么样的传闻？"

阿文皱紧了眉头。

"刚才，我在岩座遇到了巫女。"

"你是说，千代小姐？"

阿文瞪大了眼睛。

"是的，她今天好像也不用去巴士公司上班。真是个漂亮的姑娘，听说才二十岁。定好婆家了吗？"

"这事儿对她来说还太早。"

"她的堂姐，第五代教主也还是单身。我在忌服屋偷看过一眼，似乎是个美丽的女人。你对我说过，她长得跟堂妹有几分相似。既然如此，教主也一定是位美女。二十八岁却没有结婚。外表看上去比实际年轻。大概是因为她把精神和青春都奉献给神了吧。"

……

"青麻教务总管长年把妻儿安置在新潟县，独自一人管理这里的教务。也跟单身没什么两样。如果不是单身，他也不能在教主闭关期间侍奉在侧，传递神训，递送饭食。"

女王卑弥呼，事鬼道，能惑众。年已长大，无夫婿。唯有男子一人，给饮食，传辞，出入居所。……引地在心中默念《倭人传》里的句子。

"青麻教务总管今年四十五岁，正值壮年。……阿文，我从其他地方零星听过一些传闻。你应该也听过吧。不过，信徒应该不会到处散播教主大人的传闻。"

阿文的眼神慌乱不安，耳朵根部烧得通红。这恰恰是她无声的回应。阿文下楼去了。

引地仰卧在榻榻米上，一边望着天花板一边思考。解剖青麻教务总管尸体的法医说过，被害人的眼珠已从眼眶中脱落——由此可见，死者生前一定遭受了强力攻击。从天而降的枪头径直插入人的眼球，或许会造成这样的效果。——但法医已证明，死者眼窝里残留着少量泥土。警察不相信神话，据此判断凶器是挖山药的铁棒。因为铁棒没有被清洗，所以那些泥土就是去年秋天附着在棒尖的泥土。从天而降的天之日枪上也附着神崎郡粳冈的泥土吗？

引地闭上双眼，在虚空中画线，画完之后立刻擦掉，擦掉之后又立刻重画。如此反复，似乎进入了一种自在妙境。但是，在一百条虚线里找出一条实线绝非易事。自己画下的无数条线缠绕在一起，分不清哪些是实线，哪些是虚线。实线似乎被虚线掩埋了。如果能像在照片上喷洒特殊物质一样，使虚线渐渐变淡，实线慢慢显露出来，就会比较有把握。引地花了一个半小时，才达到那种状态。

他从榻榻米上起身，走到楼下，喊了一声"阿文"。

"现在，我要去丰道教的宝物殿，你跟我一起去吗？"

"欸？我也去吗？"

"就当是去参拜神灵。只带你去的话，搞不好别人以为我把你拐跑了。这里的老板也一起来吧。旅馆老板应该不忙。"

"老板参加完警察署的会议，刚回来。"

"警察？"

"老板是镇上的防范协会会长。"

"那正好。请他和我们一起去吧。"

三人来到丰道教宝物殿前，是下午三点左右。穿过黑色的鸟居到达这里时，他们没有遇到一个人。只能听见远处传来的织布声。第五代教主似乎在一心一意地纺织条纹棉布。

三人站在"宝物殿"的告示牌旁，看着那座钢筋混凝土宝库。坚固的红色门锁像一只张开翅膀的蝴蝶挂在门上。

"大家都认为，是青麻教务总管取下门锁，把东京来的男人带进了宝物殿。但是，带路的人其实并不是青麻总管，在那之前，他就已经被天之日枪刺穿后脑，气绝身亡了。"

　　引地说完后，阿文和防范协会会长露出一副难以置信的表情。

　　"三月十七日下午四点左右，天色渐渐开始变暗。宝物殿中，当然是漆黑一片。但青麻总管却没有拿手电筒。为什么这么说？因为宝物殿里没有掉落的手电筒，三名信徒在昏暗的夕阳下看见青麻总管时，他的双手正抱着脑袋，看上去并没有拿手电筒。如果拿着的话，目击者一定会有印象。或许有人会说，青麻总管逃跑时，把手电筒放进怀里了。这种解释也不是没有道理。但人在慌乱下逃跑时，一般会把物件直接拿在手上。青麻总管不可能在没有手电筒的情况下把东京来的男人带进漆黑的宝物殿中。所以带路的另有其人。那个人，就是杀害二人的凶手。"

　　引地带着阿文和旅馆老板稍稍爬上山中小径，一条溪流立刻出现在杉树林中。引地在那里站定。

　　"穿着白色和服、淡蓝色裙裤的青麻教务总管，就是在这里被枪矛一样的利器刺中后脑部气绝身亡的。那时，他是以面朝下的姿势倒地。在山林中之所以呈现出这个姿势，是因为他的身下压着恋人，所以才没注意到身后有人偷偷接近。"

　　阿文的脸涨得通红，急忙低下头去。

　　"枪矛的尖头对准青麻总管的后脑勺，猛地刺了下去，眨眼间，青麻总管便魂归西天了。接下来，凶手抬起他的尸体，将他放入水中，再用枪矛的尖头戳穿他的右眼。眼珠的血和玻璃体与后脑勺流出的血混在一起，被溪流冲刷。只消一个晚上，人体内的血液就会流失殆尽。杀人与处理尸体时，刚刚还被青麻教主压在身下的恋人也提供了帮助。凶案发生在下午三点左右。……第二天早上天还没亮，凶手就把青麻总管的尸体从溪流中捞起，藏进昏暗的杉树林中了。"

"但是，下午四点左右东京来的人死在宝物殿时，青麻总管从里面逃出来了呀。那是三名信徒亲眼看见的。"

防范协会会长噘起厚实的嘴唇。他是个年过五十的肥胖男人，看得出有些营养过剩。三人再次回到宝物殿前。

"他们看见的，只是一个身穿白色和服、淡蓝色裙裤的背影，谁也没有看到那人的正面。并且，他们只是在昏暗的夕阳下，目击到了一个瞬间远去的背影。三人凭借衣着判断那人是青麻教务总管，仅此而已。不过这也怪不得他们，毕竟只有青麻才会穿那样的衣服。"

"也就是说……"

"据说，那人逃跑时双手抱着头。你们不觉得这个姿势很奇怪吗？那人之所以那么做，是为了掩饰自己女子的发型。白色和服原本就穿在身上，用事先准备好的淡蓝色裙裤替换红色裙裤也并非难事。……但是，青麻总管被杀后，把东京来的男人带进宝物殿的却是教主。三名信徒坚信，那时的教主正在御神凭之间闭关。御神凭之间所在的正殿原本就离宝物殿很近，那里当然有通往宝物殿的入口。因此，杉木门外，坐在前殿等待的信徒是察觉不到的。"

　　织布声停止了。引地却好像没有注意到似的继续说道："东京来的男人在宝物殿前等待教主。他直接找教主本人交涉过了，但谁也不知道这回事。只要不举办例行祭典，神社内就几乎不会出现外人。那三名信徒或许是因为某些烦心事才按照教主的指示，赶在下午四点前来这里领受神训。这也是教主计划的一部分，因为她需要'目击者'。如果打开宝物殿门锁的是教主，那么把手电筒交给东京来的男人，给他看神镜的必定也是教主。东京来的男人弯下腰，一边举着手电筒一边专心致志地欣赏石函里的神镜。人一旦躬起背，后脑勺便会自然地朝上。此时，枪矛的尖端对着伸长的后颈部猛地扎了下去，男人还来不及发出声音，便倒地死去。教主见状，把石函照原样锁上，任由宝物殿的大门敞开，自己则顺着正殿内侧的入口返回了御神凭之间。当然，手电筒也被她带走了……不久，将红色裙裤替换成淡蓝色裙裤的巫女进入宝物殿，故意发出巨大的声响。等到三名信徒从前殿赶到宝物殿时，身穿淡蓝色裙裤的巫女便抱着头从宝物殿冲出，逃往对面的小径……信徒们返回前殿，想快一点通知教主，却无法随意进入御神凭之间。满心焦虑之时，声称去社务厅准备御玉串的巫女端着方盘进来了，当然，那时的裙裤已经变回红色。听完信徒的话后，巫女立刻禀告了教主。此时，教主才第一次出现在三名信徒眼前。"

不知从什么地方传来轻微的脚步，但三人的注意力都在案情分析上，并没有察觉。引地的身体向宝物殿的告示牌靠近。

"凶案发生在十七日。十八日夜晚，千之峰半山腰的岩座举行了镇魂祭。整个流程模拟伊势神宫的迁宫式。我完全被包围御舟代的绢垣和熄灭庭火的仪式误导了。真相是，就在全体村民的注意力被镇魂祭吸引时，独自留守在总部的巫女将青麻教务总管的尸体搬到了另一辆拖车上。她走了三公里山路，绕过山麓，将尸体拖至芽崎村的上方，遗弃在山林之中。尸体过了三天才被发现，发现的前一夜恰好下了雨。所以，青麻总管的血不是被雨水冲走的，早在几天前，他体内的血就流干了。"

芽崎又名目前田，猎犬撕裂野猪的眼睛。——引地的耳边，似乎又响起了巫女千代的祷告之声。

很久以前，教务总管便开始侵犯巫女。而在更久以前，二十八岁的教主与四十岁的男总管之间已经有了私情，只有后者才能随意出入前者的闭关场所。青麻纪元作为"男人"玷污了处女的身体，与此同时，又背叛了另一个"女人"。在那个时候，两个女人便达成了和解，决心共同复仇。之所以刺穿男人的眼睛，也是因为刻骨铭心的仇恨。

"为什么要杀东京来的那位先生呢？"

阿文颤抖着问引地。

"大概是为了模糊青麻被杀的原因。神罚这样的理由固然没人会信，但确实能起到迷惑人心的作用，我就被误导了。"

太可怜了。阿文为素未谋面的石田武夫念了祈祷冥福的佛经。她信奉的并非神道，所以没有念"神灵镇护"，也没有拍手。

"那么，杀害二人的凶器，果然还是被盗走后至今下落不明的铁棒？"

防范协会会长问道。

"不，从农户家盗走挖山药的铁棒也是障眼法。没有沾血的铁棒大概被埋在某个地方……天之日枪，是这个。"

引地突然走向写着"御宝物殿"的告示牌，用双手握住底下的木桩，拼尽全力拔了起来。他不确定自己的猜想是否正确。对他而言，这也是一场赌博，是在阿文和防范协会会长面前决定命运的豪赌。

引地新六用双手高高地举起破土而出的告示牌，仿若一谷军嫩记①第三段阵屋的熊谷真实的经典亮相。但吸引阿文和防范协会会长注意的，却是一直深埋在地下的橡木桩尖端。

它跟挖山药的铁棒一样尖锐，满是泥土，沾着乌黑的血——血迹之所以还留在上面，或许是因为怎么清洗也洗不干净，且还没到换新立牌的时候。又或者，女人的怨恨想将沾在"天之日枪"上的血，永生永世地封存在地底？

一旁的树荫传来两个女人凄厉的哭声，但依旧不见她们的身影。

---

① 日本著名的净琉璃和歌舞伎历史剧。

恩义的纽带

"我想，假如没有杀人案的话，聚集在此的听众，大概会失望而归吧。"（陀思妥耶夫斯基《卡拉马佐夫兄弟创作笔记》米川正夫译）

1

　　因为是九岁的记忆，所以模糊不清。那栋房子，在悬崖下，所以需从大路拐进小巷。大路本身是一条长坡。接近坡顶的地方有两个天然气公司的大型储气罐。也许是三个。总之，从坡底爬到坡上时，每当看到那个漆黑的储气罐，就觉得到了婆婆所在的房子。在孩子的眼中，那类似于一个目标，令人安心。

　　坡道的两侧是品位不俗的住家，夹杂着酒馆、杂货店或蔬菜店。路很安静，鲜少有人经过。三十年前，中国①地区沿海小镇的街道上，也几乎看不见行驶的车辆。

　　拐弯后第二户人家便是被木板墙围住的人家。进入狭窄的小巷后，爬约莫五个台阶，便是那家的玄关。不记得玄关的门是格子门还是玻璃门。总之，靠近院子的那边全部是玻璃门。

---

　　①　日本的一个地区，位于本州西端。

说是全部，其实不过六扇。由此可以得知这栋房子的面积，但对辰太而言，这栋房子异常巨大。自家的房子没有那么大。自家的房子狭小、昏暗、陈旧、屋檐低矮，几乎与隔壁的房子贴在一起，留不出一丝缝隙。

那家的院子里有池塘，池塘里有鲤鱼。隐约记得池塘边缘有许多茂盛的、黑漆漆的植物，好像屋后悬崖上的茂密树木直接长到院子里似的。房子的布局也记不太清了。只记得有一个十分宽敞但不知道面积的客厅，还有两个极其狭窄的房间。两个房间相隔很远，所以中间应该隔着两三个房间。

辰太去那儿的目的是看望祖母阿良。中国地区的方言习惯称祖母为婆婆。听到辰太的声音后，婆婆便露出脸来，小心翼翼地把孙子让进屋内。那是个阴暗狭小的房间。祖母是那家的住家女佣，当时大约六十岁。

辰太每次去，祖母都会给他点心。她会打开角落的行李盖，拿出用粗草纸包裹着的点心。与粗点心店卖的不一样，那是珍贵的西式点心，婆婆偷偷从这家的餐桌上拿来的。即便是普通的饼干，嚼在嘴里也满是牛奶的滋味。辰太来这里，一部分原因是想吃那些点心。婆婆一面留意太太的脚步声，一面等待孙子咀嚼完毕。带回家的点心装在别的纸包里，当婆婆送别辰太时，便会从怀里取出纸包，和零用钱一起交给辰太。"另一个纸包里装着钱，记得交给阿妈，千万别掉了。"她总是这样，叮嘱了一遍又一遍。

那栋房子里只有婆婆和太太。太太是个肤色白皙、身材丰满的美丽女人。总是化着精致的妆。那时大约二十七八的样子，喜欢穿颜色艳丽的和服。太太管婆婆叫阿姨。她没有孩子，丈夫在远洋航船上工作，每三个月回来一次。婆婆对辰太说过，先生回来时绝不能来这里。于是大约有一个月的时间不能与婆婆见面。但除去那段时间，辰太偶尔也会和婆婆一起睡。回想起来，太太其实并不情愿留宿女佣的孙子，只是为了更好地使唤婆婆，才默许了一切。

辰太一去那儿，婆婆就会问。

"阿爸怎么样了？"

"还没回来。"

辰太答道。回答的同时感到难为情。父亲平吉有时甚至连着一个月不回家。本以为他会在家待两三天，结果又不知去了哪里。父亲在外面有女人。辰太长到八岁时，就从母亲的神态里察觉到了一切。父亲曾是包工头，却得知出入自家的木匠会告诉母亲自己外遇的事。从那以后，木匠也好，泥瓦匠也好，就再也不上门了。

"阿妈呢？"

婆婆问道。这个地方习惯称妈妈为阿妈。

"阿妈在帮人缝衣服。"

婆婆叹了口气。

年过六十的阿良之所以去做别人家的住家女佣，全因为儿子的放纵任性。在家里待不下去，也与做裁缝活计的儿媳无关。做住家女佣至少能养活自己，还能从工资里拿出一部分接济儿媳。

平吉并非阿良的亲生儿子。阿良的丈夫生前因某些缘故收养了一名孩童。平吉也知道自己的身世。孙子辰太与阿良并无血缘关系，但阿良依然对他百般疼爱。辰太总是记得婆婆宽大的额头、后退的发际线。从那时起，她的腰就已经弯了。

太太会让婆婆出门买东西。过来玩耍的辰太，总能看到雨中的婆婆弯着腰、撑着伞，提着购物包裹的样子。婆婆为了不让雨水打湿东西，将包裹抱在胸前。袖子、腰以下的身体被淋得湿漉漉的。雨水混着汗水从光溜溜的脑门上落下。辰太想，婆婆好可怜。

对于终日游手好闲，却使唤着这样的老人的太太，辰太喜欢不起来。事实上，婆婆没有片刻的休息。有时是因为太太的吩咐，有时即使没有吩咐，婆婆也会主动走到拉门外，默默干活。辰太并不知道，婆婆这么做是为了讨好太太，以便后者能继续默许孙子来玩。闲暇时，婆婆会缝抹布。缝抹布时的婆婆十分平静，辰太喜欢那样的婆婆。婆婆的缝法很细致，针脚细腻得像学校的手工艺品。那样的抹布，她缝了好几块。

凭孩子的脚力，从自家走到那栋悬崖下的房子需要一个小时的时间。第一次去时还有些害怕，渐渐地便习惯了。街道正中央的位置有一个市场，挤满了人。那里有一间大型酱油店，路过时能闻到店里飘出的酱油味。市场里有一个看上去心眼不良的孩子。走过市场后，突兀地出现在眼前的，是那条安静的坡道。

辰太一从学校回来，便会问。

"阿妈，可以去婆婆那里玩吗？"

他一周大约去一次。正在做针线活的母亲通常不会立刻答应，许久后才会用微弱的声音说道："去了就马上回来。不能再要零花钱，对婆婆说，让她吃点自己爱吃的东西。"

声音之所以小，或许是因为低着头穿针引线，又或许是因为声音本来就不大。她的肩膀看上去单薄瘦小，后颈处新长的毛发相当凌乱。

回家后，母亲会问："婆婆怎么样？"

"嗯，在干活。"

母亲便不再说话。

辰太有事瞒着母亲。父亲平吉有时会向婆婆讨要零花钱。有一次，辰太去婆婆那儿玩，恰好撞见了父亲。

"啊，阿爸。"

辰太欣喜地叫道。父亲吓了一跳，挥了挥手。父亲穿着一整套平纹粗绸制成的和服，即使从孩子的眼光来看，那套丝绸和服也谈不上崭新。父亲站在那儿，露出暧昧的笑容，低声拜托辰太，要是婆婆在的话，就把她叫过来。末了，他还不忘叮嘱儿子，千万不要让太太知道。

太太在里侧的客厅弹三味线。婆婆听了辰太的汇报，一声不吭地走到放行李的地方，打开箱盖后拿出了什么。不是包着点心的纸包，婆婆不可能给大人点心。婆婆似乎斥责了站在玄关外的父亲。父亲疲惫的脸上冷冷地笑着，从婆婆手里接过想要的东西后，嘱咐辰太，不要告诉阿妈。顺嘴问了一句要去学校吧，就离开了。父亲走后，婆婆也对辰太说，不要对阿妈讲阿爸来过。即便是孩子，也能从父亲的背影中看出落魄。

辰太只见过一次那家的先生。那时，他被婆婆带到里侧客厅外的走廊，跪坐在那里。先生正在餐桌前吃饭。旁边坐着太太。太太一边看着辰太，一边对先生说了些什么。先生穿着白色的和服，应该不是浴衣。太太好像在用团扇给先生扇风。敞开的玻璃门对面，也许是沐浴在夕阳下的庭院。先生是个秃脑袋，体型庞大。红褐色的脸稍微转向辰太，马上又不耐烦地看向别处。直到现在，辰太还清楚地记得那个表情。长大以后，有好几次，他都从不同的人身上感受到了相同的目光。太太对缩在辰太旁，恭敬跪坐着的婆婆说，可以退下了。太太确实说了类似的话。婆婆摁着辰太的脑袋，逼他行了礼，然后弓着腰退出了走廊。看戏时，每当出现"行了，退下吧"这样的台词，辰太总是会想起太太和先生并排坐在上席的样子。紧接着，那幅画面的背后总会浮现出束着十字带缝衣服的母亲的背影。

有时也会只向太太一个人行礼。在辰太留宿的夜晚，通常会跟太太道一声晚安。太太读着书，有时答应一声"欸"，有时一言不发。

回想起来，母亲真是个好女人，甚至可以说好得过分。即使丈夫跑到别的女人那儿，她也从没跟他大声吵闹过。至少孩提时代的辰太没有那样的记忆。母亲虽是农家女，却能识文断字。帮父亲写信的，几乎都是母亲。也很擅长做菜。喜欢干净，家里虽小，却总被她收拾得整整齐齐，甚至过于整齐。另外，她对父亲太上心了，可以说到了无微不至的地步。或许正因为如此，父亲在外面勾搭的女人才是那种散漫邋遢的性格。

在辰太的记忆里，父亲偶尔回家一次，母亲便会兴冲冲地跑去酒馆、鱼摊。父亲进门后想把门关上，母亲都会立刻制止，自己冲到土间把门关上。父亲那种油瓶倒了都不扶一下的散漫性格，是母亲纵容出来的。父亲回家后，她会拿出事先准备好的洗得有些发旧的丝绸和服，换下他那身领口污浊的平纹粗绸和服。父亲又一次不高兴地离家出走后，她会把脱下来的和服拆开浆洗，再仔仔细细地缝好。

不知是出于包工头的虚荣，还是生意上的需要，父亲绝不会穿棉布衣服。平纹粗绸是穿的，毕竟便宜的平纹粗绸也是丝绸。粗绸和服穿旧后便不成形状，松松垮垮地耷拉下来。领子和下摆脏得发亮。在辰太眼中，和服是父亲的代名词。

2

　　事后辰太回想起来，父亲平吉似乎只会在两种情况下回家。

　　一种是为了向老婆要钱。即便是养母，他也拉得下脸面向在别人家做住家女佣的老母亲讨要零用钱。向做着裁缝活计勉强维持母子二人生活的老婆要钱，就更加理所当然。父亲每次回家后，母亲一定会去米店赊粮。

　　另一种，是跟外面的女人吵架后。吵架的原因似乎是缺钱。平吉在包工头里算是老资格，那时却失去了客户的信任。同行不愿搭理他，打过交道的木匠、泥瓦匠、门窗店也对他不理不睬。他只能围着仅有的几个老客户，从他们那儿接活计，然后介绍给其他同行赚点中介费。渐渐从包工头沦为掮客。原本他已经丧失了周围人的信任，所以掮客也做得不顺利。焦虑的父亲似乎还在偷偷赌博。

　　因为和女人吵架，父亲的脖颈和手腕布满指甲挠出的伤口。唯有这一点，父亲是想瞒着母亲的。母亲虽然看在眼里，却什么也没说。在辰太因为那些化脓结痂、红肿不堪的伤口询问父亲时，母亲反而会慌慌张张地制止，告诫他千万别说出去。女人的精神状态不稳定，一旦缺钱，就会变着法折磨父亲。父亲回到母亲身边也好，去婆婆工作的地方也好，似乎都是为了摆脱女人的虐待。辰太后来才知道，女人是流亡到这个城市的逃难者。

有时，父亲会拽着母亲的头发把她按在榻榻米上，挥起拳头不断地殴打。母亲伏在榻榻米上轻轻抽泣，任由拳头落在自己身上。那时，她好像伸出了一只手，枕在自己的脸颊下。父亲看见辰太进来后，便会若无其事地放开母亲。母亲抬起头对辰太说，阿妈没事，千万别说出去。蓬乱的头发下那张通红皱巴的脸，一直留在辰太的记忆里。

父亲打母亲并不只有一两回。每当他和女人吵架时，对自己的落魄境遇感到恼火时，就会对母亲拳脚相加。之所以沦落到这步田地，完全是因为那个女人，再和那个女人相处不好的话，愤怒的火焰便会将自己吞噬。皮娇肉嫩的母亲，自然成了发泄对象。

虽然用了"皮"这个字眼，辰太到现在却还在怀疑，母亲的皮肤是否真的那么柔弱。从性质来看，母亲的皮肤并非那种吹弹可破的肌肤，也不是弹性很好的熟皮，更像一张松松垮垮贴在墙上的皮革，打在上面也没有反应，瘪下去后，又会凭借自身的弹力慢慢恢复原状。母亲的反抗，就是这种莫名让施暴人感到恼火的反抗。时至今日，辰太依旧想象得出来。

昏暗的房间里，只有一扇窗户。束着十字带的母亲在透进来的光线里缝衣服。她的缝纫技术很高明，总能从邻居那里接到堆积如山的针线活。那时，即便是乡下的女人也时兴穿洋装，但辰太九岁时，还见过有人在正式外出时穿和服。到了晚上，裸露的灯泡就亮起来了。在泛红的光线下，母亲经常工作到半夜一两点。量尺发出轻微的声音，小小的铃铛在布匹上轻响。那是挂在刮刀手柄上的铃铛。刮刀十分陈旧，是用发黄的牛骨或是别的什么材质做成的。那是宫岛的特产，上面画着鸟居、鹿和红叶，不过大部分颜料已经脱落。布匹上扎着无数绷针①，以至针线包变得光秃秃的。红色、蓝色、黄色的小圆珠聚在一起。那是一直为他人缝制漂亮衣物的母亲独有的装饰，也是辰太的装饰。无论是在窗户下，还是在裸露的灯泡下，小小的彩色圆珠都散发着宝石一样的五彩光芒。晚上睡觉时，辰太的耳边会响起刮刀铃铛的声音，就像在寒风中修行的女人在家门口唱的御咏歌。"四番札所是大日寺，五番札所是地藏寺，在冥河河滩堆起石头，一块为了父亲，一块为了母亲。"在纤细摇曳的声音中，针线包上的五彩圆珠化作彩虹，飞向了远方。

辰太每周爬一次那条能看见黑色储气罐的长坡。先生从远洋轮船上回来时，婆婆总会对孙子说，不许再过来。于是有一个月左右的时间不能去。辰太只见过先生一次，就是太太说"行了，退下吧"的那次。重新跟婆婆见面的那天，辰太得到了三

---

① 为使两块布的记号对准和便于长距离缝制而别在布料上的针。针端带有塑料做的花或小圆疙瘩等。

枚外国铜币。那是先生留下的礼物。听说先生是船长。

刮寒风的日子有时会落冰雹。婆婆会弓着腰去市场买东西，太太弹着三味线。婆婆在也好，不在也好，太太都很少同辰太说话，也不会接近他。

辰太留宿的夜晚，太太会变得格外冷漠。如此一来，婆婆便要更加讨好太太。但是，对孩提时的辰太来说，去婆婆那儿睡觉是对平淡生活的调剂。所以疼爱孙子的婆婆只好一面看太太的脸色，一面留宿孙子。

第二天早晨，辰太会帮婆婆用抹布擦拭走廊和边缘处。抹布是婆婆做的，十分厚实，沾水之后变得很重。抹布上用细线绣着纵横交错的美丽纹路，像装饰的花纹一般。婆婆有好几块这样的抹布。

一直看太太脸色的婆婆想让孙子干活的样子被太太瞧见。于是特意命令辰太打扫靠近太太房间的地方。太太却只当没看见，连一句辛苦了都懒得说。即便如此，只要留宿的孙子用抹布擦拭地板的样子能被太太瞧上一眼，婆婆便会觉得心满意足。

某天，寒风在地面上打着旋。父亲站在寒风中，松松垮垮的和服下摆被风吹得翻起。他的脸比平时还要苍白。辰太说："婆婆不在。"父亲问："什么时候回来？"脸上没有半分笑意。他的眼神像看母亲时一样可怕。"不知道。"辰太半是害怕半是反抗地答道。

父亲听了一会儿屋子里传来的三味线。问道："太太一个人在家吗？"父亲从没问过这样的问题，辰太觉得奇怪，却依然点了点头。一个人练习三味线的太太患有失眠症。

"先生上次回家是什么时候，你知道吗？"

父亲问道。

"不知道。"

"对了对了，先生每次都会给你外国铜币。上次收到铜币是什么时候？"

先生返回远洋轮船是一周前的事。之所以这么说，是因为辰太已有一个多月没见过婆婆，今天却久违地收到了铜币。铜币上刻着一个西洋女子的侧脸，女子头戴皇冠，周围环绕着带叶子的树枝。

"大约一周前啊。嗯。"

父亲歪着头，像在思考什么。他看了看四周，没有走进玄关，而是蹑手蹑脚地绕到屋子侧面，在那儿转来转去。辰太想，父亲应该在一边消磨时间，一边等婆婆回来。父亲在那儿走来走去，太太的三味线却没有中断。父亲就这样时而观察一下房子的外观，时而看看外面的动静。辰太以为父亲是在看婆婆回来了没有。屋顶上布满了灰色和黑色的斑点状乌云，冷风从云上刮下来。

父亲对辰太说："婆婆还没回来，我先走了。不用对婆婆说阿爸来过。"接着像突然想起什么似的，从长袖里掏出零钱。说道，"这个给你，买点儿东西。"父亲从没做过这样的事，辰太慌了。

"阿爸，你什么时候回家？"

辰太冲抬起光秃秃的木屐下台阶的父亲问道。父亲特意回过头。

"小点儿声。阿爸工作忙，但很快就能回家了。我今天来这儿的事，也别跟阿妈说。"

说罢，狠狠地瞪了辰太一眼。

过了三十多分钟，路上出现了婆婆的身影。婆婆冻僵的手抱着装满东西的包裹，从这里到市场有好一段距离。婆婆弯着腰，走一会儿休息一会儿。她的鼻头冻得通红，像孩子一样挂着鼻涕。婆婆之所以去市场而不是附近的店铺购物，是为了顺路去药店给太太买药。

辰太没对婆婆说父亲来过。为了掩饰内疚的心情，他表现出一副比平时更感兴趣的样子看婆婆在小房间里拆开包裹。

包裹里有一个红色小盒子。婆婆说，太太晚上睡不着，要吃这个药。回想起来，应该是环己烯乙基巴比妥酸。那时的安眠药，种类并不多。

太太努力想摆脱对药物的依赖。所以到了夜晚，如果太太房间的拉门一片漆黑，就表明她没有吃药，而是关了灯在依靠自己的努力入睡。如果透出微弱的亮光，就表明她调暗了床头的台灯，服用了安眠药。听说太太吃了安眠药后，便不敢睡在一片漆黑的房间里。辰太从婆婆那儿听说过这件事。每当留宿时，他也会留意那扇拉门是否透出微弱的亮光。

3

　　两周后，辰太在婆婆房间留宿。早上，向来习惯早起的太太还没出房门。昨晚，里侧房间的拉门透着微弱的亮光。太太服用了安眠药。服用安眠药后的第二天，她会起得稍微晚一点。

　　婆婆一定会去附近的店铺买早餐的配菜。太太喜欢吃雪花菜（豆腐渣）和水云（一种海藻）。这是每天早上必须要买的。她弓着背出门时，不忘叮嘱孙子，太太还在睡觉，不要发出太大的声音。然后一面吐出白色的雾气，一面走向寒风中。小巷里落满了霜。

　　婆婆出门后，辰太走进太太的房间。太太跟昨天晚上看到的一样，面朝上躺在地板上。辰太从她张开的嘴巴里拽出抹布。这需要一点力气。厚抹布的下半部分被太太的呕吐物染成了白色。

　　另一块抹布盖在鼻子上。抹布昨夜浸了水，像一块潮湿的橡胶紧紧贴在太太形状姣好的鼻孔上，不留一丝缝隙。吃了安眠药的太太口中被塞入抹布时，痛苦地挣扎了两下，手脚却没有力气。浸了水的抹布盖住鼻子，被人死死地往下压时，她的头也只能无力地从枕头落下，片刻便不动了。往她嘴里塞抹布时，辰太用了做衣服的刮刀。但不是母亲那把用旧了的宫岛特产，也没有挂铃铛。那是他用零花钱在市场的百货店买的。但是，当他用刮刀把抹布捅进太太嘴里时，他感觉自己用的就是母亲的那把刮刀。太太也让他想起了那个素未谋面的父亲的女人，或许因为太太爱弹三味线吧。

杀害太太是一种怎样的心情？辰太想，婆婆终于可以离开这个刻薄的家，返回自己家了。他总是忍不住在心里比较太太和束着十字带给邻居做针线活的母亲，可以说，浸水的抹布塞进的不是太太的嘴，而是这种比较之中。除此之外，还有一个明确的理由。之后也证明的确如此。太太平时便不怎么说话，这样的太太即使身体掉出被褥，变得瘫软如泥，再也不能言语，对辰太而言也没什么区别。

从太太嘴里取出抹布后，她的嘴依然张得大大的。两个像破开的柿种一般形状姣好的鼻孔似乎正跟平时一样自由地吸入空气。鼻子到脸颊的部分比昨晚干燥了许多。

辰太提着两块抹布走进厨房，用铁桶里的水把它们清洗干净。水立刻被染白了。他把脏水倒进屋后的沟渠。水顺着斜坡气势汹汹地流了下去。最后，他把清水倒进水桶里，重新浸湿了抹布，把两块抹布叠在一起，开始擦拭檐廊。

弓着腰的婆婆回来了，她对辰太的勤奋表示赞许，啊，真懂事。接着，她把买来的雪花菜和水云放进厨房，转身去了太太的房间。嘴里念叨着，太太今天起得真晚。

父亲平吉被警方逮捕是两天后的事。太太被杀当晚，有人看见一个人影在房子附近转来转去。那人凭穿着认出了平吉。在如此寒冷的夜晚，穿着一整套丝绸和服晃来晃去的男人可不多见。

　　案件一直没有宣判，平吉在拘留所生活了一年后，被法庭判定无罪。被告始终不承认犯罪事实，同时也缺乏物证。被告承认，迫于经济压力动过入室抢劫的念头，所以当晚才在附近徘徊。虽然已经闯入后门，却在最后关头打了退堂鼓。这也是辰太决心杀害太太的原因之一。父亲一定会潜入那栋房子。先生回来时给过太太钱，就算先生坐船走了，钱依然在屋子里。辰太通过父亲那天的言行举止，认定他总有一天会闯进来。即使太太活了下来，也能把父亲送进监狱。这是对父亲的防范，是先下手为强。辰太长大之后，这样分析过童年的自己。

　　谁也想不到，凶手竟然是九岁的孩童。警察曾经询问住家女佣和留宿在她房间的小学三年级的孙子，问他们是否听到什么动静。女佣和九岁的孩子睡得很沉，表示什么也没听见。

　　因为发现了外人闯入和逃走的痕迹，所以凶手绝非内部人员。即使死者服用了安眠药，六十岁的驼背老人也不可能杀死年轻力壮的三十岁女性。虽然已知死者是窒息而死，警方却判断不出行凶方式。凶器是什么完全没有眉目。无论清理几遍现场，也找不出类似凶器的物品。

　　非法闯入和逃走的痕迹出自被告平吉。但他声称自己虽闯进了后门，却没有进入里侧客厅，中途便逃走了。被告没有认罪，也没有发现物证，检察官起诉的仅仅是平吉私闯民宅这一事实。所以，平吉最后因证据不足被无罪释放。

两年之后，父亲平吉去世。女人在他一年的拘留生涯里逃得无影无踪。给父亲送终的是母亲。她实在是个过分贤惠的妻子。父亲在咽下最后一口气前还不忘对母亲百般折辱。

母亲比父亲多活了九年。她去世那年，辰太二十一岁，因只有小学学历，只能去镇上的工厂做见习工。辰太十八岁时便成了独当一面的铸件工，他的薪水足够一家人轻松地生活。

母亲去世时拿出了仔细保存的针线包和刮刀，她已经许久未使用了。针线包上还插着五颜六色的绷针。刮刀上到处是豁口。发黑的刀柄上，宫岛的红色鸟居、梅花鹿和红叶几乎完全脱落。铃铛已生锈变黑，但依旧能发出可爱的声音。母亲就是这么认真的女人，认真到连这些微不足道的东西都保存得极好，认真到过分。

然而，有一件事母亲至死也不知道。辰太用婆婆给的零花钱买了另一把崭新的刮刀，他瞒着所有人来到海边，把刮刀朝海平面扔了出去——挂着铃铛的刮刀和插满彩色绷针的针线包放进了母亲的棺材。灵车开动时，棺材里的铃铛在摇晃中发出轻微的声响。一块为了父亲，一块为了母亲。辰太在心里默默唱道。

祖母活到七十六岁去世，那年辰太二十五岁。因为衰老，去世前三年，祖母的眼睛已经看不见了。辰太给了附近店铺的老板娘一些钱，他去工厂做工时，祖母由老板娘代为照顾，从工厂回来后，祖母的吃喝拉撒就全部由他负责。洗澡时，也是由辰太背去公共澡堂，赶在澡堂关门前最后一个洗。后来因为身体虚弱，祖母连公共澡堂也去不了，辰太就用热水帮她擦拭身体。

祖母时常闭着眼睛、弓着背坐在客厅角落。双手总是叠放在膝盖上。老板娘说，她从没照看过举止如此得体的老婆婆。虽然如此，每当听到辰太收工回家的声音，祖母便会用双手在榻榻米上爬行，像对辰太无比眷恋一般凑到他跟前。晚年的祖母，成了肤色苍白的老妪。

祖母没提过一句太太。毕竟在那个家工作了三年，也会在不经意间谈起过去的回忆。别的事都聊，唯独没提过太太。辰太想过好几次，婆婆该不会隐约察觉到了什么吧。但每次他都安慰自己，婆婆只是不想提被杀害的女主人。

然而，婆婆在陷入昏迷状态的五六天前，却对着请假回来照料她的辰太发出了沙哑的声音。

"婆婆，你想说什么？我在这儿呢。"

辰太握住她的手。

"辰太啊，即使婆婆死了，也会在那个世界保护你的。听到了吗？婆婆会保护你的。"

婆婆用微弱的声音在辰太耳边说道。

"婆婆，您不会死的。明天要是舒服些了，我就用热水帮您擦身子。您好久没擦身子了。"

辰太的声音很大，但婆婆好像听不见一样。

"辰太，听好了，婆婆会保护你的。"

婆婆的喉咙发出咕噜的呜咽声。

"辰太啊，我会保护你的……不要，再做坏事了。"

辰太一动不动地盯着面露死相的瞎眼老妪——婆婆她，知道了。

4

　　幼年时杀人的经历，是否会成为成年后再次杀人的动因？抑或成为某种精神性的暗示。没有杀人经历的人或许很难跨出那一步，但如果在遥远的过去杀过人，那段经历是否会成为实施犯罪的催化剂？精神分析专家也许能给出科学的解释。

　　不过，即使存在这种动因，只要没遇到杀人动机，便不会显露出来。就好像疾病，一直保持阴性状态，到死都不会发病。所以，注定要邂逅杀人动机的人生，是不幸的。

　　辰太结婚后不久，便起了抛弃妻子的念头。但这并非易事。离婚的话，妻子大概率不会同意。虽然他还没提过，但妻子并不是那种轻易放手的女人。之所以不提，也是因为妻子并没有什么缺点。

　　二十七岁时，辰太来到东京，在一家街道工厂工作。那家公司是二级承包商，员工不足四十人。富子在工厂食堂做女招待，比他大一岁，来自新潟县的沿海地区。她身材高大，眉毛寡淡，颧骨很高。

　　结婚后的第三年，辰太去了别的街道工厂。从那时起，辰太就想和富子分开。并不是因为喜欢上了别的女人，只是跟富子在一起的生活让他喘不过气来。无可挑剔的妻子意味着万事无趣。她对他尽心尽力，因为年纪比他大，所以尽心尽力得过分。

过了三十岁后，即使只相差一岁，女人和男人之间的差距也会迅速拉大。女人看起来越变越苍老，男人却越活越年轻。辰太开始后悔同富子结婚。他并没有喜欢上别的女人，却觉得只要和富子分开，就能遇到喜欢的女人。如果和富子生活在一起，他就永远不会有那样的机会，别的女人也不会搭理他。

推荐富子去做小饭馆的女招待并不是预谋已久的计划。他在池袋后巷闲逛时，看见那家小饭馆挂出招聘包厢女招待的告示，便想到了这个法子。不和富子朝夕相处的话，或许能在一定程度上遏制这种令人困扰的想法。

富子二话不说便答应了。她就是这样的女人，对辰太百依百顺。不仅如此，她还常常抢在辰太提出需求前帮他安排好一切，照顾他照顾得过了头，不给男人留下丝毫喘息的余地。当然，富子这么做是出于爱。但在男人看来，自己好像不知不觉变成了被拖着走的那一方。

富子说云小饭馆工作的事已经说定了。每月的固定工资只有一万日元，但客人给的小费不少，即使是新手，大概也有五六万日元的进项。工作十年的女招待，平均每个月能赚十万日元。富子用雀跃的声音说道："五六万元能做不少事呢。每天不工作的话，我心里也过意不去。我的收入就给你买西服买裤子什么的，还有结余的话，可以在休息日时去吃点好吃的。"

她满脑子只想着补贴家庭支出，完全没有察觉到辰太的真实意图。这是习惯拖着丈夫往前走的妻子常有的过度自信。

从大马路上看，那家小饭馆非常小，但内部却别有洞天。一楼和二楼总共有六个包厢。女招待大约有十人，分早班和晚班。早班需在上午十点出勤，去厨房帮厨师做准备工作。晚班只需在下午三点前赶到。隔天换一次班。招牌上的打烊时间是晚上十点半，但因为客人多数是奔着喝酒去的，所以收工时间通常超过十一点。这些条件，富子全都答应了。

富子出去工作已超过两个月，渐渐地有了些变化。她开始化妆，穿颜色鲜艳的和服。辰太比她早下班，吃完富子准备好的晚饭便睡了。接近十二点时，会被回来的富子叫醒，被迫吃一些她装在木盒里带回来的菜肴。那些都是店里剩下的，或是客人没有动过的菜。富子回到家时总是满身酒气。辰太以前没发现，她的酒量居然这么好，或许因为是新潟人的缘故。为了消除酒臭味，富子会漱好几遍口。夜深人静时，听着厨房里传来的漱口声，辰太好像看到了富子身上的另一面。

一个月本应有五六万日元的收入，富子拿回家的钱却没有那么多。满打满算只有三万日元。经验尚浅或许是其中一个原因，但听富子说，要想获得十万日元以上的收入，必须抓住几个特定的客人，也就是熟客。讨熟客的欢心似乎要冒不小的风险。男性客人通常对女人怀有野心。富子会把职场前辈的话说给辰太听。有和好几个贵宾维持不正当关系的女人，有迷恋一个男人却又对其他客人卖弄风情的女人，有出卖身体抢夺同事客人的女人。但是，也有没那么豁出去的女招待。她们会巧妙地搪塞客人的话，会在最后抛弃难缠的客人，但只要对方不越过界限，她们便愿意曲意逢迎。

富子说，这些事让她觉得可悲。可悲意味着她并不在其列。很难想象富子会遭人诱惑。她并不是那么有魅力的女人。再怎么化妆也无法使那张丑陋的脸增色半分。她充其量只能在包厢里充当其他女招待的陪衬，这样的角色是不可能得到小费的。

但是，三万日元的收入也能办不少事。富子用这些钱帮辰太置办服装，几乎没有给自己买东西。穿去店里的也是年轻时的和服，洗得发白发旧。过时的花色一定遭到过同事的嘲笑。富子却毫不在意。她总是把丈夫放在第一位，自己放在第二位。万事隐忍，以丈夫为先，这一点很像辰太过世的母亲。对丈夫过分关心。辰太觉得，自己好像理解了父亲在外面找女人的心情。

想和女人分手的话，不需要杀人。如果妻子过分贤惠，让人说不出分手，尽可以折磨她，折磨到她愿意分手。但是，被妻子过分的爱和关怀压制住的男人已丧失了反抗的能力。除此之外，还有另一个方法，他可以一声不吭地从她身边逃走。但这意味着失去谋生的手段。人到中年还能找到别的工作吗？铸件工厂当然还有许多，但感觉上来讲，无论他逃到哪里，富子都会把他找出来，哪怕找遍全国的铸件工厂。铸件熟练工是十分特定的工种，接到失踪人员搜索申请的警察只要询问全国的铸件工厂，便会立刻知道他的下落。所以，逃亡也是不现实的。

　　离婚的话，即使需要花费许多时间与精力，也应该选择更普通的办法。但辰太却没有这么选。也许是幼时的经历促使他选择了违背人道、违背法律的方式。"没有杀人经历的人或许很难跨出那一步，但如果在遥远的过去杀过人，这种经验或许会变成实施犯罪的催化剂。"对于精神因素的相关问题，我们也许可以在精神医学专家的分析下听到满是医学术语的报告。但在这个案件里，我们只能通过写满警方用语的审讯报告窥探一二。

5

　　根据报告，辰太为了杀害富子，曾把她三次带到别的地方。第一次是房州的海边，第二次是青梅的深山。在此之前，他做了些准备工作。他曾以抱怨的口吻对邻居说，富子在小饭店工作时喜欢上了一个男人。这种事很难找当事人确认。谁也不会对富子转述辰太的话以确认真实性。津津乐道的恶性谣言散播到周围的过程中，当事人总是被放置在真空地带的。即使没有这条谣言，附近的主妇也对化着妆、穿着鲜艳和服、午夜零点或一点左右才回家的富子十分反感。因为工作时经常要跟男性客人打交道，所以出轨的传闻应该是真的吧。连警察都曾信以为真，所以也怪不得她们。

　　第二次时，他打算把富子从青梅深山的一处悬崖推下来。为此，他刻意没同富子一道出门，而是约她在新宿会合。他叮嘱富子，千万别对邻居说是和自己一起去了某个地方。如此一来，人们便会以为富子和别的男人去了幽会。

　　但他失败了。

　　"原本打算把她推下去，可走在悬崖上时，遇到了人。"

辰太在审讯时答道。

"对方也是一男一女，比我们年轻，男的二十七八岁，女的也差不多。他们坐在草地上。富子看见了，就说脚有些酸，想在那里休息一下。我虽然觉得麻烦，但也没办法。只好在那对男女旁边坐下。"

那对男女似乎并非夫妻，只是恋人。富子向女人搭话，女人也回应了，不久后，两个女人兴致勃勃地聊开，那个男人也加入其中。辰太想，事情变麻烦了。却也无可奈何。

"那女人说她是'酒吧'的'女公关'，富子也附和说'我在池袋的小饭馆做女招待，在酒吧工作赚得多，不是挺好的吗。'当时我就想，这下可糟糕了。"

所以那天，他选择中止计划。最后一次决心实施犯罪，是在一个月之后。他用同样的方法和富子在新宿会合，又一次去了青梅的深山。

"我看准时机，把她从十米左右的山崖上推了下去。走到崖底查看时，发现富子满脸是血地倒在那儿。我害怕她死而复生，搬来一块大石头朝她的头砸了下去，让她死得透透的。附近全是树林，我在那儿挖了坑，埋好富子的尸体后回家了。

"第二天，我去富子工作的饭店，见了老板娘。对她说富子昨晚没回家，问她有没有什么头绪。老板娘说不知道，表情却十分担忧。我说，富子会不会勾搭上了这里的客人，所以离家出走。老板娘说，谁都有可能这么做，唯独富子不可能。神色却相当慌乱。从她的表情来看,富子似乎对接待客人十分娴熟,老板娘也隐约知道那个男人是谁。"

之后的一个礼拜,辰太都在装模作样地等富子回家。其间,他对邻居宣称,富子卷走家里值钱的东西逃跑了。

平时他就时常抱怨,对邻居说富子在外面有情夫。因此,邻居都以为富子是跟喜欢的男人私奔了。此时,她在小饭店工作的事成了这条推论最有力的佐证。对那些从事不正当职业的女人,主妇们时常带有偏见。即使她们知道富子平时是个贤惠的妻子,也觉得那是她当面一套背后一套。普通女人对在风俗业工作的同性通常抱有偏见,如果那个女人有丈夫,这偏见便近乎恶意。邻居们已经确信,富子是趁辰太不在家时逃去了情夫那儿。

附近的主妇怂恿辰太,让他去警察局提交搜索申请。

辰太去了当地的警察局。受理失踪人员搜索申请的窗口叫作防范係。警官照例询问了情况。

"她在小饭店做包厢女招待?"

警官听到富子的职业后,瞬间丧失了热情。

"会不会是在工作的地方有了外遇?她平时有奇怪的举动吗?"

对方问道。对从事风俗业的女人,警察的偏见和附近家庭主妇的偏见是同等性质的。

辰太便说了一些只有夫妻才会察觉到的微小变化。说最近三个月，总觉得富子的举止跟原先不同，突然对所有事情态度冷淡。

"对方是谁，你心里有数吗？"

"不知道。我也问过富子各种问题，但她很顽固，什么都不肯说。反过来把我骂了一顿。说我一个大男人爱吃飞醋，还说我明明没什么本事却喜欢教育人。"

"这么说，你们经常吵架？"

"富子下班回家通常在半夜一点左右。我疑心很重，所以时常因为这个训斥她。跟她说了好几次，要她辞职。富子却说不想辞。我想，她大概是怕辞职以后见不到店里的老相好吧。"

"你太太失踪前，和你有过激烈的争吵吗？"

"不是失踪的前一天，是前三天，我把她摁在榻榻米上打了一顿。"

那是幼年时目睹的父亲殴打母亲的记忆。母亲被父亲扯住头发，摁在榻榻米上。她的脸朝下，小声抽泣着，一只手枕在脸颊下。辰太清楚地记得的，母亲蓬乱的头发下，那张通红、皱巴的脸。

警官点了点头，让辰太写下姓名住址，又问他有没有富子的照片。富子没怎么照过相。辰太便拿出结婚时的纪念照。因是六年前的照片，长相和现在差距很大，照相馆的修图技术也比较夸张。接着，警察记下了富子的特征、离家出走时的穿着和随身物品，也写明了工作地点。他粗略地看了一眼这些文件，接收了失踪人员搜索申请。但是看得出，他对这件案子缺乏兴趣。

"我们会尽量搜索，但防范系很忙，每天要处理各种案件。所以不确定能否马上找到你太太。全国提交的失踪人员搜索申请已经多达几万、几十万件。最近已婚妇女人间蒸发的案子越来越多。你自己也找找吧。况且，你们还吵过架，过一段时间，你太太气消了也许就回来了。"

警察的原则是绝不介入夫妻争吵。他把妻子的离家出走看作是争吵的延续。尤其是风俗行业的女人，大多私生活混乱。那个被老婆抛弃的可怜男人离开时，警察甚至连他的背影都懒得看一眼。

从警察一次都没去过富子工作的小饭店调查相关情况，可以看出他们对这个案子实在不上心。警察推测富子之所以离家出走，是因为爱上了店里某个男客，跑去了那个男人那里。哪怕有那么一点上心，他们也会问一问饭店老板，或是女招待们。警察终日忙于处理犯罪案件，这种因随处可见的婚外恋离家出走的有夫之妇，他们大概没有闲情逸致去管。

附近的主妇同情辰太。然而，这种同情的背后，理所当然地充溢着偷窥性质的好奇心。类似于一种幸灾乐祸的心态。

主妇们也给过建议。她们让辰太把富子的照片（六年前的）

送到照相馆放大，再贴到标语牌上。晚上时，拿着标语牌在池袋或新宿热闹的地方走动。标语牌上写"你认识我离家出走的妻子吗？我正在找她"。然而，最近这种行为并不罕见。路人通常扫一眼标语牌上的句子，再扫一眼他，便径直走开。辰太举了五天标语牌后就不去了。

已经没有人会怀疑富子是被人谋杀的。那个过分体贴、令人窒息的女人离开后，辰太体会到了放纵和自由的感觉。自己才三十五岁，正当壮年，又是单身。这次一定要选一个更加年轻、更加中意的女人。

然而，警方此时正在调查一起与辰太完全无关的案件。半年前发生的某起杀人案的犯罪嫌疑人，主张自己在案发时具备不在场证明。警方询问有没有证人。嫌犯说那时和一个女人在青梅的深山散步。因那个女人与他关系特殊，所以警方并不认可她的证词。警察要求嫌犯提供与他没有利害关系的第三者的证词。

嫌犯总算回想起来，当时在青梅的深山偶遇了一对夫妇。虽然不知道地址和姓名，但那个女人曾说她在池袋的小饭店做包厢女招待。

调查总部联络当地警局，请求对方寻找这名女招待。

此时，防范系警员想起五个月前受理的失踪人员搜索申请。提交申请的丈夫好像说过，妻子在当地的小饭店工作。莫非就是这对夫妇？防范系警员从抽屉深处取出那张搜索申请。富子作为重要案件的证人，第一次让警察产生了想认真寻找其下落的欲望。

当地警察带着调查总部警员来到辰太家，仔细地了解富子离家出走的情况。他们希望多一个证人，想听听夫妻二人的证词。

"婆婆，你要保护我。请你，一定要保护我。婆婆，拜托……"

审问报告中，辰太曾好几次这样自言自语地大叫。但，谁也不知道这意味着什么。

后记

松本清张

　　我本可以在这里写下创作五个短篇小说的灵感和构思。但因为是推理小说，倘若读者根据后记推测出结局，阅读的快感势必减半（读者并不一定读完小说后再读这篇后记）。所以我就以随笔的形式，在此写下五个短篇的关联故事。

　　《火神被杀》——小说中也提到过这个故事。《古事记》神代卷里，伊邪那美神因生下火神迦具土，会阴（阴部）灼伤而死。丈夫伊邪那岐为了给妻子报仇，斩下了亲生骨肉迦具土的头颅。岩波文库出版的《古事记》里，仓野宪司氏（文学博士、《古事记》研究学者）给这一小节起了《火神被杀》的小标题。拙作的标题亦源自于此。

　　在古代，女性的生殖器一旦受伤，就意味着女性生命的丧失。天照大神或天之若姬（天界的年轻姑娘）被须佐之男的粗鲁举动惊吓，在织布屋里用天梭刺伤阴部自尽。倭迹迹日百袭姬得知每晚前来相会的恋人原来是三轮山的大蛇后，深感震惊，用筷子刺伤阴部自尽（箸陵的由来传说）。这些故事都体现了这一点。丧失生殖机能，意味着丧失生产和繁殖（与农耕生产的意思相关）的能力。这似乎象征着妇女的死亡。此外，从伊邪那岐向害死妻子伊邪那美的亲生骨肉迦具土复仇这一点，可以看出古代近亲私通的风俗，在这个故事里，应该是母子私通。相通的例子还有，天照大神和须佐之男虽然是姐弟，却也有夫妇神的一面。在天之安河原，姐弟俩祈祷（誓约）时交换剑和勾玉的行为是对夫妻行为的暗示。

《古事记》中，死去的伊邪那美"葬于出云国与伯伎国交界处的比婆山"。此地虽位于岛根县和鸟取县的交界处，比婆山却在广岛县比婆郡。该片区域地处中国山脉的中心，比婆道后帝释国定公园横跨岛根、鸟取、广岛三县。《古事记》中出云与伯伎（伯耆）的交界处虽然加入了安芸，广岛县却声称县内的比婆山才是伊邪那美的葬身之处。总而言之，此传说地连接了三个县。

该区域的南侧有一个名叫落合的小镇（比婆郡）。那是芸备线（广岛—备中神代）和木次线（终点站为岛根县宍道町）的交叉点。车站名叫备后落合，是一个被群山包围的小城镇。昭和二十三年一月九日中午，我在广岛换乘芸备线。备后庄原、平子、备后西城、比婆山等站牌被大雪掩埋着（如今的站名或许与当时稍有不同）。越往东北行驶，夕阳中的雪山便越靠近两侧的车窗，令人胆战心惊。那是我第一次独自探访父亲出生的地方——鸟取县西伯郡矢户村。

　　到达备后落合站时已是夜晚。即使身处黑暗，四周环绕的洁白雪山依然能给头顶带来压迫感。车站附近只有一家旅馆。万万没想到竟然需要预约。当我从双肩包里拿出一合①白米（这是两餐的分量，外餐券②完全帮不上忙）交给旅馆老板娘后，对方才终于让我进屋。十叠左右的客厅正中央挖出一处地炉，松木柴火气势汹汹地燃烧着。同住人有十二三人。老板娘给我端来与交出的白米同等分量的晚餐。配菜是什么我已经记不清了。但对于饥肠辘辘的我来说，可以称得上是人间美味。身旁的人问我从哪儿来，我回答九州。他有些惊讶，说还挺远的，又问做什么营生。我戴着陈旧的鸭舌帽，穿着退役时得来的军装。身旁的人不是农民就是黑市商人。

　　晚上八点左右，老板娘搬来一床又一床被褥。以地炉为中心呈放射状铺开。人们都睡在这一个房间里。客人们钻进被窝，脚不约而同地朝向地炉。虽然老板娘熄灭了炉火，地炉里只剩余火，但下半身还是像钻进被炉一样，暖烘烘的。昏暗的灯泡一直亮着。直到现在我都在想，假如当时，这座冬日山间的旅馆拒绝了我的投宿，我又会如何呢？

---

　　①　日本容积单位，相当于一升的十分之一。
　　②　二战中至战后，日本政府在大米定量供应的制度下，发给在外用餐人员的饭票。

第二天八点左右起床，十二三人各自收拾好自己的被褥。接着，老板娘用涂了丹漆的高脚托盘给每个人端来早饭。因是乡间的旅社，所以还保留着这种古老的食器。早餐是什么我也记不清了。九点左右，客人们陆续离开旅馆。有人去车站搭乘木次线，有人继续乘坐芸备线，有人在雪地里穿行。我坐上芸备线的火车前往备中神代，打算在那里换乘伯备线。

　　那次旅行令我印象深刻。这篇小说里之所以出现备后落合、木次等地名，均与此有关。昭和四十三四年，我去了汤村温泉（大原郡），为了给执笔的《古风土记》收集素材。号称伊邪那岐、伊邪那美之墓的两块古老岩石就位于附近的竹林中。

　　《奇怪的被告》——这是我的小说里与法庭审判有关的一个故事。

　　小说中出现的《无罪判决事例研究》一书，是战前司法省对英国判例的翻译，总共有三册。彼得·卡梅登事件是其中一个案例。我想，引用这样的外国判例或许能给小说增添真实感。战前的司法省官员相当勤奋好学，仅看司法省调查科在大正十四、十五年公布的"司法资料"，主要能看到如下文章的摘译：《关于不宣誓证人的处罚及不定期刑制度的会议记录》《诸国刑法草案》《英国司法警察论》《英国针对少年犯罪者在刑罚上的处理》《位于汉堡的常设仲裁法庭》《德国陪审法庭记录——附秋山检察官铃木法官视察报告》《英国巡回审判记录》《德国原始刑罚法》等。由此可看出当时的年轻司法官员渴望了解发达国家司法制度及审判状况的热切心情。

《葡萄唐草花纹刺绣》——原作及单行本（一九七三年八月）上写作"葡萄草花纹"，这里改成"葡萄唐草花纹"。"葡萄唐草花纹"指将葡萄的果实、树叶、藤蔓图案化的花纹。最早出现在西亚，经丝绸之路传到中国，于飞鸟、白凤时代传入日本。奈良药师寺的药师三尊像（金铜佛）底座的浮雕，便是此类花纹的代表性实例。

一九六八年十月中旬，我曾去布鲁塞尔。为了给小说《阿姆斯特丹运河杀人事件》（一九六九年四月《周刊朝日》彩印别册1）收集素材，与我同行的有森本哲郎（当时是《周刊朝日》副主编）、船山克（当时是朝日新闻出版局写真部次长）。那时我刚刚因十二指肠溃疡和穿孔性腹膜炎做了手术，出院后一个月便前往国外旅行（依次游览荷兰、比利时、英国、瑞士、土耳其等国）。回想起来有些莽撞，出院后本该找一处安静的温泉修养一两个月，不过，当时我也有采取"逆向疗法"的打算。

在布鲁塞尔时，我们住在希尔顿酒店。酒店位于市内东侧的上城区。西侧的下城区有著名的涂着金箔的布鲁塞尔大广场等景点，保留着中世纪的风貌。酒店所在大道满是现代风格的建筑。古老的教堂被美式高楼夹在中间，几乎要被压瘪。但酒店背后却又坐落着十九世纪的最高法院，巨大的建筑物上顶着爬满铜绿的圆顶，连同坡道的石阶，使得上城区还保留着一点巴洛克风格的中世纪。我偶然看见摆放在酒店大堂橱窗里的手工蕾丝绣品，便询问了店名，步行三十分钟找到了那家刺绣店。从正在施工的大马路右转，可以看见一条安静的小巷。巷子里满是古老的住宅。小巷刚好位于酒店背面，却几乎都是住宅，没有类似商店的建筑。我找到刺绣店小巧的招牌，好不容易推开厚重的大门，却不曾看到一个陈列柜。进入里侧后立刻能看到卖场，摆满了各种颜色的、镶着各种蕾丝花边的桌布和餐巾布。每种颜色都显得高级素雅，艳俗的三原色不在其中。店员只有一名老妇人，她年过五十、举止优雅，栗色的头发里夹杂着白发，正在沉着冷静地接待五六位观光客。因是老字号店铺，无须刻意将门面打造成商店的样子，客人也会慕名而来。客人们压低了声音，小心翼翼地在店内走动。我感觉自己似乎变成了古老铜版画群像里的一部分。

《神之里事件》——故事背景是《播磨风土记》的世界。在此之前，我写过《古风土记》（一九七七年十二月平凡社刊。在该社的《太阳》上连载），更早以前，写《D的复合》（一九六五年十月开始在杂志《宝石》上连载。收录在文艺春秋社刊印的《松本清张全集》第三卷中）时，我去过东经一百三十五度经线、北纬三十五度纬线相交的兵库县西胁市收集素材，游览了那片区域。

以古代史为背景创作的推理小说，除了本书收录的《火神被杀》《神之里事件》之外，还有《巨人的海岸》（一九七〇年十月《小说新潮》）、《火之路》（一九七三年六月至一九七四年十月在《朝日新闻》上以标题《火之回路》连载）等。我既想在小说里加入自己对古代史的兴趣，也想充分发挥推理小说的本格属性。但不知两者是否顺利地结合在了一起。小说里的"丰道教"，原型是战前茨城县的某个新兴宗教团体。

《恩义的纽带》——这篇虚构的故事加入了我童年的回忆。《半生记》（一九六六年十月河出书房刊。《文艺》连载）、《骨灰盒的风景》（一九八〇年二月《新潮》）等文章里，也对那段回忆进行了部分自传性描写。

图书在版编目（CIP）数据

火神被杀 / (日) 松本清张著；陈修齐译. —— 南京：
江苏凤凰文艺出版社，2020.12
ISBN 978-7-5594-5273-3

Ⅰ.①火… Ⅱ.①松… ②陈… Ⅲ.①推理小说 - 小
说集 - 日本 - 现代 Ⅳ.①I313.45

中国版本图书馆CIP数据核字(2020)第198421号

著作权合同登记号　图字：01-2020-452

KASHIN HISATSU by MATSUMOTO Seicho
Copyright © 1973 MATSUMOTO Yoichi
All rights reserved.
Original Japanese edition published by Bungeishunju Ltd., Japan in 1973.
Chinese (in simplified character only) translation rights in PRC reserved
by Beijing Mediatime Books CO., LTD, under the license granted by
MATSUMOTO Yoichi, Japan arranged with Bungeishunju Ltd., Japan through
East West Culture & Media Co., Ltd., Japan.

火神被杀

[日] 松本清张　著　　陈修齐　译

责任编辑　李龙姣
策划编辑　赵明明
产品经理　何丽娜
装帧设计　所以设计馆
出版发行　江苏凤凰文艺出版社
　　　　　南京市中央路 165 号，邮编：210009
网　　址　http://www.jswenyi.com
印　　刷　北京盛通印刷股份有限公司
开　　本　880 毫米 ×1230 毫米　1/32
印　　张　8
字　　数　150 千字
版　　次　2020 年 12 月第 1 版
印　　次　2020 年 12 月第 1 次印刷
书　　号　ISBN 978-7-5594-5273-3
定　　价　49.80 元

江苏凤凰文艺版图书凡印刷、装订错误，可向出版社调换，联系电话025-83280257